8分間ください。あなたの心を温めます。

エパブリック編集部

8分間ください。あなたの心を温めます。——目次

君への想い 005

ママの役に立ちたくて 023

GWの過ごし方 039

ここからが始まり 057

ぽうとれいと 079

決勝戦の夜 089
描きかけの夢 107
理由 125
ごめんなさい 147
ただいま運行を見合わせております 169

装幀：鈴木夏希
DTP：キャップス
協力：「小説予備校」メールマガジン

君への想い

作／桃源いちか

君は、僕が生まれて少ししてからこの家にやってきた。産まれたての君はとても小さくて、ホワホワで、かわいくて。最初は、おもちゃかな？　って思ったんだ。

でもね、君に触れてみたら、とてもとても温かかった。ああ、これはおもちゃじゃないんだ。守らなきゃいけないものなんだって思ったよ。

「今日からお兄ちゃんなんだから、この子のこと、よろしくね」

お母さんにそう言われたときは、胸が高鳴り、使命感でいっぱいになったのを覚えている。

それからしばらくすると、君は僕の行くところ行くところについてくるようになったね。初めはうれしかったけれど、君の止むことのない追撃にうんざりしたときもあった。

君が、僕の癖の強い髪を思いっきり引っ張って遊ぶようになったのは、そんな頃だった。

本当は泣きたいくらいに痛かったけれど、僕はお兄ちゃんだから、最初のうちは我慢してたんだ。

それでも君は、何度も何度も同じことをしてきた。正直、イライラしたよ。痛いし、しつこいし、笑っているし。いくらお兄ちゃんだからって、我慢の限界ってものはあるんだ。

今なら分かるよ。君はまだ小さかったから、痛いの意味も嫌だの意味も、何も分かっていなかったんだよね。

あのときは怒ったりしてごめん。

次の日もその次の日も、君を避けていたこと。君に寂しい思いをさせて、泣かせてしまったこと。

本当にごめんね。

ずっと、謝りたかったんだ。

＊

あれは、君が小学生のとき。

僕と君は、いつものように二人で遊んでいたよね。

家の近くのきれいな公園。そこにはたくさんのたんぽぽが咲いていて、僕たちは意味もなく走り回った。走って走って、僕らは疲れた身体を緑の布団に投げ出して一緒に寝転んだ。

空を仰ぐと、その空はとても大きくて、だけれどふと横にいる君を見てみたら、君が空よりも大きく見えたんだ。

いつの間にこんなに大きくなったのかな。空よりも何よりも、僕にとっては君が一番大きな存在になっていた。

あの日、君は僕のためにたんぽぽで花飾りを作ってくれたよね。うれしかったなあ。君の顔を見てみると、君もうれしそうに笑っていた。僕はもっとうれしくなって、たんぽぽの花飾りを持って、また走り回った。


僕が喜べば喜ぶほど、君が喜ぶ。

君が喜べば喜ぶほど、僕も喜ぶ。


僕たちはそうやって、毎日を過ごしてきたね。

あの日のことは、ずっと忘れないよ。君がくれたたんぽぽの花飾りと笑顔、そして優しさをもらった日。

あのときはありがとう。とてもうれしかった。

ずっと、お礼を言いたかったんだ。

＊

あれは君が中学生のとき。

君は新しくできたお友達と遊んだり部活が忙しかったりで、僕と顔を合わせる時間も自然と減ってきていたよね。

僕の後を追いかけてきた君はもういないけれど、僕たちの心はいつも繋がっていた。言葉なんかなくたって、お互いの存在をしっかりと胸に抱き、その絆が色褪(いろあ)せることなんてなかった。

ある日、君はいつもの帰宅時間を過ぎてもなかなか帰ってこなかった。

僕は不安だった。君の身に何か起こったのではないかと、心配でたまらなかった。

玄関と居間の間をぐるぐると歩き回る僕を見て、お母さんは「心配し過ぎ」

と笑ったけれど、それから一時間が経っても、君は帰ってこなかった。

さすがにお母さんも心配になって、学校に連絡をしていた。警察にも連絡をと話していると電話が鳴り、お母さんは受話器を取ってしばらく話すと、慌てて家を出て行ってしまった。

「お留守番よろしくね」

そう言われて残された部屋の中は、なんだかいつもよりも殺風景に見えた。

お母さんと帰ってきた君は、腕に包帯を巻き、僕を見るなりすぐに何があったのかを説明してくれた。

帰宅途中の君は、バックしてきた車と接触して軽い怪我をしてしまったんだよね。

「起きて待っててくれたんだね。心配かけてごめんね」

眠れるわけがないじゃないか。心配どころじゃなかったよ。生きた心地がしなかった。君がもう帰ってこないんじゃないかって、そんなことまで考えた。

本当に良かった。君が、無事に帰ってきてくれて。

彼女を僕の元に返してくれて、本当にありがとう。あのときは、心から神様に感謝をしたよ。


この頃かな。いつか、君と離れなければならない日が来るんじゃないかって、そう思うようになったのは。

*

君が高校二年生の頃。

君はお洒落に興味を持ち、髪も少しだけ染めてお化粧も覚えた。

いつの間にか背も伸びて、ぐんぐんと大人っぽくなっていく君に、少しの寂しさとそれを上回る誇らしさを感じた。お化粧なんてしなくても、君は十分かわいかったけどね。

ある日、君は家にお友達を連れてきた。そのお友達が男の人だったのには、驚かされたな。

君たちは、僕とお母さんがいた居間にやってきた。彼は丁寧に頭を下げて、ひと通り自己紹介を終えると、もう一度頭を下げて二人で君の部屋に行ってしまった。

二人の後ろ姿を見つめた僕のあのときの感情は、うまく言い表わすことができないよ。

お洒落な服もお化粧も、君をきれいにしてゆく全てのものが彼のためにあったんだと知って、僕の胸はなぜだか、キリリと痛んだんだ。

それから君は、たびたび彼を家に連れてくるようになった。彼はいつの間にかお母さんとも仲良くなって、うちでご飯を食べていくことも増えていった。

でも僕は、そんな彼を受け入れられずにいた。彼に話しかけられても聞こえないふりをして、部屋に閉じこもった。

君が傷つくことは分かっていたけれど、君が彼に微笑む度に締め付けられるこの胸の痛みを、あの頃の僕は自分でも持てあましていたんだ。

馬鹿みたいだよね。今思えばただ単純に、君を他の人に取られるのが怖かったんだ。

君が、雨に打たれてずぶ濡れになって家に帰ってきたのは、それから半年後のことだった。

玄関の扉が開く音がして、僕はいつものように君を玄関まで迎えにいった。

でも、いつもとは違った。

君は笑顔で「ただいま」とは言ってくれなかった。

君の長く美しい髪を伝う雨粒が、君の瞳からこぼれる涙と同化して、ぽつぽつと僕の足元に落ちていた。

僕は、感情を失くしたかのような表情でその場に佇む君を、下から覗き込んだ。そして冷え切っているであろう君の身体を、僕の温もりで少しでも温めようと、そっと身を寄せた。

君はしゃがみ込み、無理に作った笑顔で、

「バカだなあ。濡れちゃうよ？　でも……ありがとう、かー君」

そう言って、僕を抱きしめた。

その夜、僕たちは一緒に眠った。何を話すわけでもなく、ただただお互いの温もりを感じながら。

泣き疲れた君の頬には、一筋の涙が残されていた。

つらいことがあったんだね。それ以来、彼がパタリと来なくなったから、ある程度の事情は想像ができたよ。

僕は、思ったんだ。もう君を泣かせない。僕が、君を守る。ずっとそばにいる。守り続ける。死ぬまでずっと。

ってね。

僕のそのときの決意は、あっさりと一年後に打ち砕かれるんだけれど。

＊

君と過ごした一八年間はあっという間で、それでいてとても色鮮やかなものだったなあ。

君が涙を流してから一年後。

久しぶりに家に来た彼は、僕とお母さんの前でまた頭を下げた。

いや、前よりも深く長く、きれいで想いがこもっていた。

その頃には僕の身体はとても重たくて、一日の半分以上もベッドから起き上がれない状態だった。けれども、そのときばかりは僕も背筋を伸ばした。結婚という言葉が耳に飛び込んできて驚いたけれど、なんだか涙が出そうになった。

あれだけ君を守りたいと思い、そして目の前に立つ彼を疎ましいとさえ思っていたのに、君の嬉しそうな心からの笑顔に、僕は感動したんだ。良かったね。君の笑顔を守ってくれる人が、帰ってきたんだね。

結局、僕は君を守れなかった。
君を幸せにすることができなかった。
けれど、君が笑っていてくれるなら、それが一番うれしいんだ。だからせめてもう少しだけ、君のそばにいさせてね。

＊

今日は、君の結婚式だ。僕は式には出られないけれど、君は今頃とびきりの笑顔で笑っているのかな。

君のウエディングドレス姿、見たかったなあ……。きっと、この世の何よりも美しいんだろうな。

僕の身体はもうボロボロで、目だって見えなくなってきた。だけどひと目でいいから、君の笑顔をもう一度見たかったな。

もっとずっと、ずっと一緒に、いたかった。悔しいな。

待っててあげたかったのに、待てそうもないや。いつものように玄関で、お帰りって言いたかったのに……。

もう、目も開かない。長く生きたから、疲れちゃったみたいだ。でも、伝えたかったな。せめて一言、ありがとうって……。

「……くん！　かー君！」

おかしいな。君の声が、聞こえる。夢なのかな。

「かー君、お願い、死なないで。そうだ、たんぽぽの花飾りを作りにまた公園に行こう」

覚えていてくれたんだね。楽しかったなあ。また君と、走り回りたいな。

「いつも心配かけてごめんね。もう、困らせないから。だから、もう少し私と一緒にっ……」

泣いているの？　随分と、リアルな夢だ。

「私、笑うから。だから、お願い。もう一度っ」

……これは、夢なんかじゃない。目が開かなくて何も見えないけれど、これは紛(まぎ)れもなく君の声だ。それに、君の温もりも感じる。あったかいなぁ。

君が抱きかかえて、撫でてくれているんだね。でも、すごく泣いているね。

僕の首元の毛が、君の涙でぐちゃぐちゃだよ。

僕はまた君に会えたことが、どうしようもなく嬉しかった。

神様、もし願いが叶うならば……最後にもうひと目、もうひと目だけ……

僕は最後の力を振り絞り、瞼(まぶた)をゆっくりと持ち上げた。

瞳に映し出されたのは、真っ白なベールに包まれ、涙を流しながらも柔らかな笑みを作り出していた、君の姿だった……。

「うちにきてくれて、ありがとう。かーくん、だいすきだよ」

最期に、そう聞こえた。


幸せだったよ、僕は。君を想い、君の涙に濡れながら、寿命でこの世を去れるんだ。

本当に、本当にありがとう。僕もずっと、君が大好きだ。

君への想いを、ここに込めて。
僕の名前は、カリン。世界で一番幸せな、君のお兄ちゃん。
世界で一番幸せな、——。

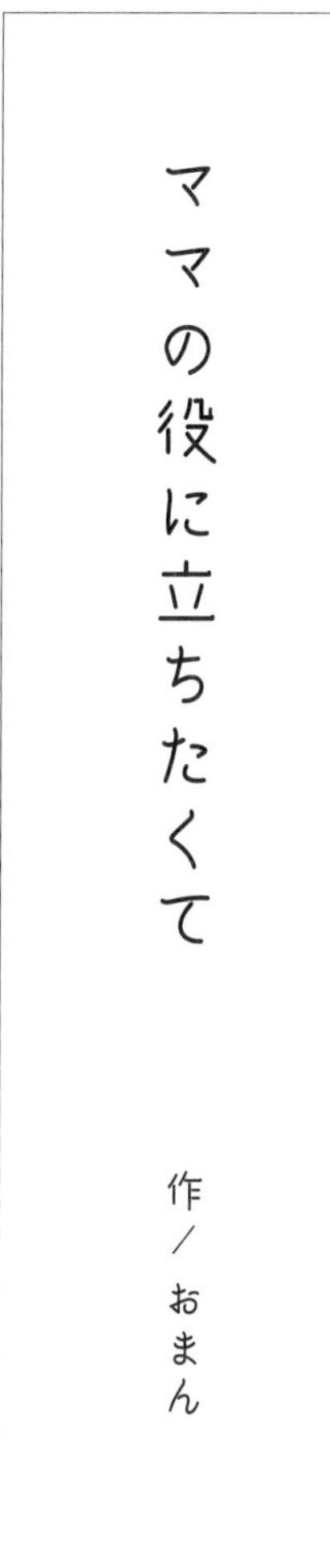

ママの役に立ちたくて

作／おまん

僕は段ボール箱のような家に生まれ、学校にも行っていない。

僕のママは、月が見える頃になると真っ赤な口紅をつけて出かけて、太陽が昇る前に真っ青な唇で帰ってくる。お酒くさく、よれよれになり玄関に倒れ込み眠ってしまう。

お酒の臭いをさせて左手には必ず僕への土産の袋が握られていて、今日はあんパンだった。

うちには布団がないから、ママが眠ってしまったら僕は必ず毛布を持っていき、すっぽりと包んであげている。

僕には生まれたときから頼る人も、友達もいない。ママしかいないのだ。だからママをとても大事に思っている。

僕の唯一の知り合いは、飛べなくなった一羽のカラス。彼はお腹をすかせて食べ物をせびりにくる。ヨチヨチ歩きで近寄ってきて、食べ物をもらうまでは動かない。

ママは午後になると目を覚まし、そのまま近くの公園の公衆トイレに行き、顔を洗ったり歯を磨いたりしている。その後は必ず僕に読み書きと計算を教えてくれる。「文字を書いたり読んだりできないと、生きていけない」とママは言う。

僕はママの教えを守り、一生懸命勉強をして、文章を読むことだけはできていた。

ある日、公園の掲示板に「絵のコンクール　賞金10万円」と書かれた紙がはられていた。

僕は絵を描くのが大好きで、裏が白いチラシを拾ってきては、いろんな絵を描いていた。一〇万円という大金に胸が高鳴り、少しでもママの役に立ちたくて応募することに決めた。

絵には、大好きな人や物を描いてくださいと書かれていた。

僕は即座に「ママを描こう」と決めた。

次の日からママが夜に出かけた後、絵を描くようにした。ママには見つからないようにしないとと思い、眠い目をこすりながらがんばった。

鉛筆で下書きしたママは実物のようにきれいだった。後は毎日ママがくれるお小遣いの一五〇円で絵の具を買って色付けすれば完成だ。

目を塗る黒色、肌を塗る肌色、イヤリングは緑色、ネックレスは銀色、と一日一本買えば、コンクールの締め切りに間に合う。僕は完成した絵を想像し、幸せな気持ちになった。

翌日、一五〇円を握りしめスーパーへ行った。いつものお菓子コーナーではなく文房具コーナーへ向かう。どの色から買おうかと考え、頭の中にはママ色のパレットが広がっていた。

黒色から買おうと決めて、絵の具を手に取ると驚いた。値札には四五〇円と書かれていた。

「どうしよう。これじゃ間に合わない」

一本買うのに三日分のお小遣いが必要だと、締め切りまでには間に合わない。どうしたらいいのだろうと諦めかけたとき、ふいに思い付いてしまった。

それを行動に移すべきか迷いに迷ったが、ママにどうしても一〇万円をあげて助けたかった。

僕は緊張しながら、黒色の絵の具をポケットに入れて店を出た。

次の日も、その次の日も、お店に行って同じことをした。盗むしか他に絵を完成させる方法が、わからなかった。店へ入ると心が痛み、店から出ると心は笑った。

何日も繰り返して、あとは唇に赤色を塗れば完成となった日、ママが熱を出してしまった。

僕はママのおでこに、水で濡らしたタオルを当ててあげながら話しかけた。

「ママ。大丈夫なの？」

ママはうっすらと笑うだけで答えてくれない。僕はさらに心配になり、水を持ってきた。

「お水飲める？」

と聞くと、

「ありがとう。後でもらうね」

と答えてくれた。

でもそのママの声は、いつも食べ物をせびりにくるカラスの鳴き声のようにガサガサしていて、このまま死んでしまうんじゃないかと不安になった。

僕にできること、僕にできること、と考えながら、小さな家の中を歩き回り、僕はハッとした。

スーパーに薬コーナーがあることを思い出したのだ。

「ママ、ちょっと待っててね」

ママは眠っているのか、返事はなかった。

僕は急いで外へ駆け出し、無我夢中で走った。スーパーへ入ると、薬コーナーへ一目散に向かい、かぜという文字を探した。

「あった」

僕は辺りを見回しながら、すぐにポケットに入れ、外へ出て家まで全力で走った。

「ママ起きて、ママ」

僕は息を切らしながら薬の箱を開け、ママのそばに置いたままの水と一緒に飲ませてあげた。

その薬が効いたのか、ママはすぐに元気になってくれた。

ますます賞金の一〇万円をママにあげたい気持ちが高まっていった。

僕は学校も友達もいらない、ママさえいてくれたらそれでいいんだ。

そう思いながら完成間近の絵を見つめた。後は赤色の絵の具さえ手に入れば。

「神様、許して」

翌日、いつも通りにスーパーへ行き、お菓子コーナーを通って、文房具コーナーへ向かう。ところがその途中、道路に立っている警察官の姿がガラス越しに見えた。

文房具コーナーはちょうど警察官からよく見える場所にある。僕は赤色の絵の具の前に立った。

足は震え、チラチラ警察官に目がいき、心は落ち着かない。赤色の絵の具は最後の一つだった。僕は息を止めて、警察官が向こうを見る瞬間を待った。

「今だ」

手を伸ばした。すると僕の手を背後から誰かが握った。

「……ママ……」

ママはそのまま何も言わずに買い物カゴに赤色の絵の具を入れて、自分の買い物と一緒に会計を済ませた。店を出ると警察官が、

「車に気をつけてくださいね」

と明るく話しかけてきた。ママは軽く会釈をしながら通りすぎ、僕は警察官とは目も合わせずにママの隣を歩いた。

家に到着すると、ママは赤色の絵の具を僕に渡しながら、

「どうして盗もうとしたの」

と静かに聞いてきた。見たこともないママの怖い顔に、僕は泣きそうになりながら、賞金一〇万円のコンクールの話をした。

「カオル……」

ママはとても驚いた顔をした。

「ママ、ごめんなさい。どうしてもママに賞金の一〇万円をあげたくて一生懸命がんばったんだよ。でも、絵の具を買うお金が……」

そこまで言うと、ママは僕を抱き締めた。

ママのぬくもりは、お日様のように温かかった。


その日の夜、僕はママに買ってもらった赤色の絵の具を開け、最後のひと筆に全力を尽くした。丁寧に丁寧に心を込めてママの唇を仕上げていった。

「できた」

僕は筆を置いて、完成したママの絵をじっと見た。この絵なら絶対にコンクールで優勝して、一〇万円をママにあげられる。

「神様、僕はママを助けたいです。ママはたった一人で、僕のために一生懸命働いています。優勝して、どうしてもママの役に立ちたいんです。どうか願いを叶えてください」

僕は空に向かって手を合わせた。夜空の星が僕を応援してくれているように輝いていた。

翌日から、コンクールの結果を配達してくる郵便バイクを待ちながら、僕はママにあげる一〇万円を入れる箱を作り始めた。

拾ってきた広告を細かく切り、お菓子の空箱にのりで貼りつけ虹色模様にして、仕上げに公園に咲いているシロツメクサでリボン飾りを作った。箱の中には四つ葉のクローバーを置いた。

ママが、四つ葉のクローバーを持っていると幸せになれる、と教えてくれたからだ。

プレゼントの箱ができ上がって幾日か過ぎた頃、僕あてに一通の封筒が届いた。

ママと公園のベンチで一緒に開けることとした。

「ママ、僕の絵は優勝したの？」

ママは開封しながら

「カオル、結果がどうだとしても、ママにはカオルの描いてくれた絵が世界一だよ」

と言った。ママは一枚の紙を取り出し、読み終わると僕を見た。

「カオル。優勝ではなかったけど、とてもよく描けているから、これからも絵をずっと描き続けてください、と書かれてあったわ」

「ママ、僕の絵のどこがダメだったと書いてあるの、あんなに一生懸命描いたのに……。ママごめんなさい、ママに一〇万円あげたかったのに……本当にごめんなさい」

僕は声を出して泣いた。大粒の涙がこぼれ出してきて、ママの顔が見えなくなってしまった。

「カオル……泣かないの。ママはうれしかったよ、カオルがママを必死で助けようとしてくれて……ありがとう」

しばらく二人でベンチに座り、僕が泣き止むとママは僕の手を握りしめて立ち上がった。

「カオル、元気だしていこ」

と笑顔で励ましてくれた。

僕は家に帰ると、一〇万円を入れるはずだった箱をママにあげた。

「わあ素敵〜。虹だねぇ。作るのに時間かかったでしょう。ありがとう」

ママはそう言い、箱を回しながら隅々まで見ていた。

すると、

「あっ、カオル、いいことを思い付いたわ。この箱に、残っている絵の具をしまっておこうよ」

と言った。

「ママ、本当はこの箱に一〇万円を入れて渡そうとしていたんだよ」

と打ち明けた。

ママはニッコリと笑った。

「そうだったのね。でもママは一〇万円より、もっと嬉しいものをカオルからもらったわよ。カオルがママを助けようと一生懸命に描いてくれた絵。カオルの優しい心が、ママにとっては一番のプレゼントなのよ」

僕の沈んでいた心に羽根が生えて、空高く昇っていくような気持ちになった。

また新しい絵を描こうと決めた。

GWの過ごし方

作／加藤あき

久しぶりに抱っこしようと近づいたひとり息子に「タバコくさい」と言われて始めた禁煙が、ようやく三日目を迎えた。

オフィスの昼休み。スーツに身を包んだ四十代半ばの青田は、ズボンのポケットの中にある電子マネーカードを手で遊びつつ、休憩室の自動販売機の前で唸っていた。

缶コーヒーを微糖にするか、無糖にするか。微糖にしたいところだが、缶コーヒーはたった一八〇ミリリットル程度のくせに糖分が多いと聞く。

だからといって無糖にするのは違う気がする。存在意義がわからないほどに苦いからだ。

それに比べて微糖は美味い。だがしかし、やっぱり太るかもしれない。

葛藤した挙句、自身の腹やタバコの煙への妻と息子の冷たい視線を思い出し、なんとか我慢に成功。微糖ではなく無糖の缶コーヒーを選択した。

冷たい缶コーヒーを手にして振り返る。いつの間にか直属の部下である新卒の佐藤が、休憩室のテーブルに座ってスマホを眺めていた。

どうしよう。休憩室に黙って二人きりはさすがに気まずい。佐藤は口数が少ないというか、コミュニケーションに対して消極的というか、少しノリが違うところがある。

缶コーヒーを横に振って時間を稼ぐ。が、佐藤に話しかけることに決めた。スマホが面白いのはわかるが、人間関係だってもっと面白いのだ。

「お疲れ様。何か飲む？」

「あっ、お疲れ様です。いや、まぁ、はい。大丈夫です」

大丈夫と言われても、はいそうですかと引き下がることはできない。

「微糖でもいい？」

「はい、ありがとうございます」

「いや、いいよ」

自販機のボタンを押す。音を立てて転がり落ちてくる微糖の缶コーヒーを手に取った。

愛しい微糖をくれてやるのは口惜しいが、しかたない。これも上司の務めだ。涙をのんで微糖の缶コーヒーを佐藤の前に置いた。

「はい。微糖」

「青田さん、どうもです」

「いやいや。たまにはね。ポイントも入るし」

たかが一二〇円。されど一二〇円。

羽織っていた上着を椅子に掛ける。すでに四月の末だ。冬は過ぎ、春になり、だいぶ暖かい。夏がもう目の前だ。

佐藤の真向かいにならないように椅子を引き、座った。

「仕事は慣れた？」

「はい。まぁ、なんとか」

「今はまだわからないことが多いと思うけど、だんだん慣れてくるから。わからないことがあったら聞いてくれれば」

「はい。大丈夫です」

「まぁ気楽にね。そういえばそろそろゴールデンウィークだね。何か予定でもある？」

言ってから、しまったと後悔した。少しオタクの気がありそうな佐藤に予定があるとは思えなかったからだ。

しかし意外にも佐藤は、明るい笑顔で返事をしてきた。

「はい！　ありますよ」

「そうなんだ。どこか行くの？」

「東京に行きます」

「なるほど、東京かぁ」

「えっと、青田さんはどうされるんです？」

「うーん、そうだなぁ」

何も決めていなかった。

先週、妻と話をして、小学四年生になる息子が楽しめる場所に行くことは決まっていたのだが、肝心の息子の好みがわからなかった。もちろんその後に息子にも行きたい場所を聞いた。けれども、そっけない返事をするばかりだったために、結局、どこに行くのかまだ決めていない。

昔は仲睦まじく息子と接していたように記憶しているのだが、どうにも仕事が忙しく、息子と接する時間がどんどんと減ってしまっていた。おかげで息子から距離を置かれるようになり、ゴールデンウィークの予定すら決まっていない状況だ。

「東京、いいですよ。なんでもありますし」

「たしかに」

それからゴールデンウィーク中の天気だとか、イベント、公共機関や道路の混み具合などの話を佐藤とひと通りした。東京は良い選択肢かもしれない。佐藤に感謝だ。

帰宅後、新入社員とそんな会話をしたことを家族三人そろった夕食時に話した。すると妻が笑顔で「東京ならお台場なんてどう？」と提案してくれ、息子がそれに対して興味なさげに頷いた。

やはり息子の反応が悪い。妻にはよく笑顔を見せるらしいけれど、こちらから話しかけても、どうにも息子は笑顔を見せてくれない。他の大きな遊園地や動物園のほうが良いかと尋ねてみても、ブスッとされてしまい、それを見た妻が笑う始末である。

なかなかうまくはいかないが、それでも家族旅行というものは、始まってしまえば笑顔になるものだ。妻のように、きっと息子も笑ってくれるだろう。

そう信じてゴールデンウィークを迎えるも、どうにも簡単にはいかないようだ。二時間もの渋滞に巻き込まれてしまったのだ。ただでさえ頬をふくらませていた息子が、より一層不満そうな顔をした。

失敗したかなぁ、と悔いる。けれども妻が楽しそうに笑ってくれているので、車内は朗らかな雰囲気に保たれていた。助かった。本当に妻には頭が上がらない。

それだけではない。長い車内時間中に、妻が息子と、小学校での話などをしてくれたのだ。妻と渋滞のおかげで、最近の息子の様子を知ることができたとも言える。ありがたい。後でお礼を言っておこう。

思ったよりも時間がかかったが、なんとかお台場に到着できた。車を駐車場に停めて少し歩いた先では、イベントが賑やかに行われていた。

なんだろう、と家族で近寄ってみると、そこでは、コスプレのイベントが開催されていた。さすが東京だなぁと感心していると、息子が、知っているキャラクターのコスプレイヤーを見つけたらしく、瞳を輝かせて近づいていった。

息子の楽しそうな笑顔にホッとする。コスプレイヤー様様で、彼らの厚意に甘えて写真を撮らせてもらう。頰を赤らめて興奮している息子に、夫婦の頰が緩んだ。

「あっ！　ハンターさんだ！」

突然、息子が走り出した。また何か知っているキャラクターを見つけたらしい。息子の走って行く方向を確認してみると、そこには、昔、青田がしていたゲームのキャラクターのコスプレイヤーが三人、グループで立っていた。

ゲームキャラクターのコスプレといっても簡単なものではない。

何しろ彼らがコスプレしているハンターとは、全長一八メートルの巨大なドラゴンなどを迫力のある大きな剣や銃を使って狩猟するキャラクターだ。鎧、兜、武器。全てただの布ではダメなのだ。それを三人とも本格的にそろえていた。随分と気合が入っている。

男の子の夢がたくさん詰まったコスプレだ。息子が興奮して走り出すのも無理はない。慌てて夫婦で息子を追うが、青田の頭は疑問で溢れていた。

あれ？　でもあいつ、ハンターなんて知らないだろうに。

しかしすぐさま思い至る。

いや、そういえば、息子がもっと小さかったころにあのゲームをやってみせたことが何回かある。息子にせがまれて、よく剣を片手にドラゴンを討伐したものだ。調子に乗ってタイムアタックなんかもしていた。もしかしてそれを覚えているのかもしれない。

自身の疑問に結論を出してコスプレイヤーに挨拶をした。けれども様子がおかしい。一人が驚愕（きょうがく）した様子でこちらを見ている。

「えっ？　あれっ？　青田さん……」

兜を被(かぶ)っていてわからなかったが、顔をよく見てみると、その人物は佐藤だった。

ゴールデンウィークの東京での用事というのは、コスプレイベントだったようだ。それはたしかに『東京に行く』と誤魔化(ごまか)すかもしれない。いいや、もしかしたら佐藤にとっては、これも遊びのうちなのだとも考えられる。

「驚いたなぁ。格好いいじゃないか」

「お疲れ様です」

「お疲れ様。いやぁ、スゴイ。本格的だなぁ」

「ハンターさん、お父さんを知ってるの？」

男二人の会話から推測したのだろう、息子が佐藤に話しかけた。

父親である自身に尋ねられなかったことに少し心を痛めた。息子との付き合いを改めて反省し始める。

やっぱりダメな父親だよなぁ。もっと有休、取ろうかなぁ。

しかし思いもよらない援護がきた。佐藤が気を利かせて、上司の青田を持ち上げてくれたのだ。

「もちろん。ボクたちのギルドマスターだからね」

その答えを聞いた息子が声を弾ませた。

「父さん、ギルドマスターなの⁉」

ギルドマスターとは、あのゲームにおけるリーダーを意味する。私は佐藤の上司、つまりリーダーなのだから、嘘は言っていない。

ありがたく、ここは素直にノッておこう。

「おお、そうだぞ！　父さんはギルドマスターだぞ」

「そうだよ。キミのお父さんはスゴイ人なんだよ」

コスプレの影響なのかもしれない。佐藤はいつも職場で見せる姿とはまったく違い、快活に笑っている。堂々としたその姿が、立派なハンターに見えた。

「そっかぁ。ギルドマスターなんだ」

そこで会話の区切りを見つけた妻が佐藤に頭を下げた。

「あっ、主人がいつもお世話になっております」

「こちらこそお世話になってます」

「ところで写真撮ってもいいですか？」

「あぁ、いいですよ。息子さん、真ん中にしましょうか？」

「ありがとうございます。そうですね、真ん中で。ほら、お父さん、スマホ出して写真を撮って」

今度、またコーヒーを奢らねば。

佐藤に感謝しながら、スマホのシャッターを何度も切った。

そんな思いがけないイベントが発生したが、無事、ゴールデンウィークの家族サービスは成功を収めた。コスプレイベント会場を回った後にランチを食べ、他のイベントに首を突っ込んで、終わってみれば家族三人とも笑顔だ。

ゴールデンウィーク。

少しは父親らしいことができたかもしれない。

帰りの車内で青田は、車を運転しつつ助手席の妻と会話をしていた。

後部座席では、興奮して疲れ果てた息子が、口を開けてぐっすり寝ている。

「いろんなコスプレをしている人がいたねぇ」と話をする妻に、「そうだねぇ。いやぁ、佐藤にはびっくりしたよ」と相槌を打った。

今日の一連の出来事を思い出して夫婦の会話を楽しんでいると、赤信号になった途端、妻がスマホを取り出し、後部座席に向け始めた。

どうやら息子の寝顔を撮ろうとしているらしい。青田は「待ち受けにするから、後でこっちのスマホにも送ってよ」と笑顔を向けた。妻は「任せて」とノリ良く親指を立て、何枚も息子の寝顔を撮っている。

青信号になり、車を発進させると、妻は正面を向き、「いいのが撮れた」と満足そうに頷いた。

そういえば、と疑問に思っていたことを口にした。

「あいつ、なんかはしゃいでいたけど、ハンターなんて知らないだろう？」

だが意外なことに、妻は青田の疑問を否定した。

「そんなことないよ。今でも流行っているみたいだし」

「そうなのか。あのゲームも息が長いなぁ」

「本当にね」

驚いていると、妻が嬉しそうに笑った。

「それにね。あの子ったら、私に嬉しそうに見せてくるの。『これが最強の装備なんだよ！』って言って。えっと、たしか写真を撮ってたんだけど……」

「ほー。最強の装備ね。あのゲームのねぇ。どれどれ？」

「あっ、あった、あった。これこれ、ほら」

ちょうど再び赤信号になっていたので、停止している間に妻からスマホの画像を見せてもらう。そこには誇らしげな息子と一緒に、ゲーム画面が写っていた。

「あれ、これ……？」

そんなに強い装備じゃない。

もう少しじっくりとゲーム画面を確認したかったが、青信号になってしまう。

仕方なく青田は車のアクセルを踏んだ。

青田の記憶の中では、息子が最強と言っていたらしい装備は、それほど強いものではない。

あのゲームでは、数百通りの防具の組み合わせが存在しているが、そのどれもが基本的には一長一短で、最強のものは存在しないようになっている。

にもかかわらず、あの装備を最強と誇る息子の笑顔。

「覚えていたのか……」

息子が幼い頃、せがまれてずっと同じドラゴンを狩猟していた、あのときのことを。息子が最強だと言っているのは、あのとき青田がハンターに装備させていた防具とまったく同じだったのだ。

「かもね。あの子は言わないけど」

背中を、見られている。息子に。

ずっと小さな頃から、今の今まで。

そして、もしかしたらこれからも。

父親の背中。

「最強の、装備、かぁ……」

禁煙、がんばらないと。

息子は日々、成長している。抱っこすることができる時間は、限られている。

ここからが始まり

作／風嵐むげん

勇希（ゆうき）の顔ってチベットスナギツネみたいだ。そう言って笑ったら、頭にチョップが落ちてきた。

「いって！　ひどい、病気の友達に暴力振るうなんて！　未羽（みわ）、今の見た!?」

「うるせぇな翔（かける）、グーでいかなかっただけマシだろ」

「そうよお兄ちゃん、今のは勇希さんが正しいよ」

「うう、未羽が冷たい……これが反抗期ってやつか」

痛む頭をさすりながら悲しんでみるも、かわいい妹はあきれたようにため息を吐くばかり。

高校生の女の子って、皆こんな感じなのかな。

「そんなことよりも翔、お前は何書いてんだ」

勇希がベッドの横のテーブルからノートを取り上げ、代わりに自分のカバンをドサッと置いた。

カバンにはノートパソコンと書類、そしてＳＮＳで一時期流行(はや)った激甘カフェオレのペットボトルが二本も押し込まれている。

甘党なのは知ってたけど、これを常飲するレベルだったとはね。

「エンディングノート……何だよ、これ」

「知らないの？　終活だよ。勇希が最近苦戦してるから、僕も試しにやってみようと思って。まだ何にも書いてないけど」

「俺のは就職活動な。って、そうじゃねぇよ。なんでこんなもん用意してんだ」

「なんでって、余命宣告されたから」

ノートをめくろうとした勇希の手が止まり、睨(にら)まれる。ただでさえ強面なのに、もっと凄みが増した。

「何だそれ、初耳だぞ」

「えっと、ごめん」

「勇希さんからも何か言ってくれません？　余命宣告って言っても、このまま手術ができなかった場合の話なんですよ。それなのにお兄ちゃんってばエンディングノートなんて書き始めるし、身辺整理とか言って貯金のほとんどを寄付しちゃうし！」

「寄付って、どこに」

マズい、今度こそグーで殴られそうだ。

「えっと……児童養護施設に」

慌てて枕元に置いてあったスマホを掴み、施設のホームページを表示して勇希に見せる。

「余命が短いくせに、なんで寄付なんかするんだよ」

「余命短いからこそだよ。子供たちのために何かしたかったんだ」

「はあ。お前ってほんと、他人のことばっかり考えてるよな」

あきれながらも、納得してくれたらしい。ほっと胸を撫で下ろしつつ、自分でもホームページに載せられた画像を眺める。

「子供ってかわいいなぁ。僕、来世は保育士になろうっと」

目をキラキラと輝かせる、元気いっぱいな子供たち。彼らは夢と希望の塊だ。

……対して、僕は。

「来世じゃなくて、これから目指せばいいだろ」

「無理だよ、先生から言われた。この心臓はもう限界だって」

胸を押さえれば、壊れかけの心臓が弱々しく鼓動している。もうどんな治療を受けても、回復することはない。

「助かるには移植手術しかない。だからドナーが見つからない以上、僕はもうすぐ死ぬ。諦めるしかないんだ」

呆然とする勇希から、エンディングノートを取り返す。冗談なんかじゃない。必要だから、用意したのだ。

悔いを残さず、有意義な死を迎えるために。

「……私、ちょっと買い物に行ってくる」

「未羽ちゃん⁉　ちょっと、待てってって！」

突然部屋を飛び出した未羽の後を、勇希が慌てて追った。

一人静かに息を吐くと、勇希だけがすぐに戻ってきた。追いかけるのは諦めたらしい。

「お前な、あんな言い方する必要ねぇだろ」

「本当のことを言っただけなんだけど。あ、そうだ。勇希にお願いがあるんだ。そこの引き出しに入ってる紙袋、取ってくれないかな」

「紙袋……これか？」

勇希が引き出しを開けて、小さな紙袋を手に取った。

それ、と頷く。

「それを預かってほしいんだ。三年後の未羽の誕生日まで」

「三年後って、二〇歳か……お前まさか」

「そう、成人おめでとうのプレゼント。三年後の未羽に似合うか、わからないけど。気に入ってくれるといいなぁ」

本当は直接渡したいけど、それは無理だから。一番信頼できる勇希に託すことにしたのだ。

「……約束したのに」

「約束？」

「いや、なんでもねぇ……わかった。預かっておく」

何か言いたげな様子で口をもごもごさせていたが、結局何も言わないまま勇希は紙袋を受け取った。

「俺、そろそろ帰らねぇと」

「え、もう帰るの？　来たばっかりなのに」

「そうだけど、明日も面接だからな」

「そっか、それじゃ仕方ない。気を付けてね」

未羽はまだ戻ってきていないが、待つ暇もないようだ。

寂しいけど、仕方ないな。

「じゃあね、勇希。就活、がんばってね」

「……ああ」

足早に立ち去る勇希を見送る。二人がいなくなった病室は、いつもよりずっと静かで寂しい空気が流れていた。


しばらくして、いつもの明るい表情に戻った未羽も家に帰り、あっという間に夜になった。消灯を告げる看護師さんに従い、ベッドに潜る。

スマホが着信を告げた。寝転んだまま画面を表示すると、勇希から電話がかかってきていた。

看護師さんに見つかったら、怒られるかな。

少しだけ迷うも、僕は布団を頭まで被ってスマホを耳に当てた。

「勇希、こんな時間にどうしたの？」

できるだけ声をひそめる。

『あのさ、翔は俺と最初に話をしたときのこと、覚えてるか？』

昼間とは別人のような、弱々しく沈んだ声。ぼそぼそとしたそれをよく聞こうと耳を澄ますと、スマホから電車が通る音が聞こえてきた。

「うん、小学生のときでしょ。二人とも同じクラスで、僕が学校を休んだ日に勇希がプリントと給食のゼリーを家まで届けてくれたよね」

懐かしい。勇希とはあの頃からの付き合いだ。子供の頃から病気がちだった僕を、いつも彼が助けてくれたのだ。

でも、勇希はあきれたように笑う。

『……はは、忘れてやんの』

「え？」

『いや、なんでもない』

　はあ、と息を吐きつつ続ける。

『親友だから、お前の頼みならなんでも聞くつもりだった。でも……やっぱり、駄目だ』

「駄目って、何が」

『死ぬなんて、言うなよぉ』

　ぐす、鼻を啜る音。

『死ぬな、死なないでくれ。翔、頼むから。生きることを諦めるな』

「ゆ、勇希？」

『翔には、生きていてほしい』

　思わず、息をのむ。

『あのときの約束を、まだ果たせていないんだ。だから、死ぬなんて言うな』

「いや、でも」

『あー、駄目だ！　電話じゃまだるっこいから、そっち行く。駅前にいるから、ダッシュで行く』

「ええ!?　もう消灯時間なんだけど！」

思わず布団をはね除けて上体を起こす。今から面会なんて無理だ。

『うるせぇ、とにかく行くからな！　ちゃんと起きてろよ、ていうか生きてろよ』

「……うん」

『未羽ちゃんのプレゼントも返す。こんな大事なものは、ちゃんと自分で渡しやがれ！』

「あはは、わかったよ」

ズキズキと痛む胸を押さえながら、僕は笑う。

嬉しかった。勇希に親友って言ってもらえて。死ぬなって泣いてもらえて。

生まれてから一番幸せだとさえ思った。

でも、

『あ――』

何かが破裂するような凄まじい音が、鼓膜を痛いくらいに殴りつけた。

反射的にスマホを耳から離す。

「え……勇希、どうしたの？」

恐る恐る、もう一度スマホを耳に当てる。通話状態のままだが、何度呼びかけても勇希は返事をしてくれない。

代わりに聞こえてきたのは、女性の甲高い悲鳴や人を呼ぶ叫び声。嫌な予感がどんどん募っていく。

気がついたら、ベッドから下りて駆け出していた。

「勇希！」

駅前なら、ここからすぐだ。僕は部屋を飛び出して、誘導灯の光を頼りにエレベーターまで走るつもりだった。

でも、できなかった。

最悪のタイミングで、僕の心臓が悲鳴を上げたのだ。

「う、ぐ⁉」

今までにない激痛に、僕はそのまま廊下に倒れ込む。身体が言うことを聞いてくれず、指先すら動かせない。

「くそ……なんで、なんでだよ！」

今まで、たくさんのことを諦めてきた。たくさん我慢してきた。

それなのに、この心臓はどこまで僕の邪魔をするつもりなんだ‼

「大丈夫ですか⁉」

夜勤の看護師さんがすぐに駆けつけてきた。すぐに数人がかりでストレッチャーに乗せられてしまう。

そして何もできないまま、僕は意識を手放すしかなかった。

小学六年生のある日。学校から帰る途中で息が苦しくなった僕は、近くのバス停で休憩することにした。

　すると、急に雨が降ってきた。冷たく激しい雨を眺めていると、一人の少年が慌てて駆け込んできた。

「あれ？　勇希くん……だよね」

「お前は……えっと、誰だっけ」

「ええー、覚えてくれてないの？　同じクラスなのに」

　不貞腐れてみせるも、仕方ないとも思った。病弱な僕は学校を休みがちだったから、印象が薄かったんだろうな。

「雨、止まないね」

　灰色の雲は分厚く、雨は一向に止みそうにない。

「帰りたくねぇから、別にいいけど」

「なんで帰りたくないの？」

「……親とケンカした。マジでうるせぇんだよ、あいつら」

口ではそう言うけど、その顔は今にも泣きそうで。僕は吹き出しそうになるのをこらえながら、自分の傘を彼に押し付けた。

「はいこれ、貸してあげる。早く帰って、ごめんなさいしなよ」

「は？　いいよ、別に。ていうか、お前が使えよ」

「僕はちょっと息が苦しいから、雨が止むまで休憩するつもり」

「苦しいって、大丈夫なのか？」

「いつものことだからね、もう諦めてるんだ。傘はすぐ返さなくていいよ。僕が今度、学校に行けたときでいいから」

僕は笑顔を作って、ベンチに腰を下ろす。この様子だと、明日は熱が出るな。そんなことを考えていると、勇希が僕の前に立った。

「わかった。なら、傘はお前がさせ」

「いや、だから」

「俺が背負ってやるから、お前が傘をさせ。そうすれば、二人とも濡れなくて済むだろ」

「ええ……絶対途中でバテると思うけど」

「そんなことねぇよ。お前一人くらい楽勝だ！」

何を言っても聞かない勇希に、僕はおずおずとおぶってもらう。同い年なのに、彼はとても頼もしかった。

……ああ、思い出した。これが勇希の言っていた、僕たちが最初に話をした日だ。

汗だくになった勇希が、それでも諦めずに僕を家まで送り届けてくれて、息も絶え絶えなのに、どうだ！　と胸を張った。

「人はやろうと思えば、なんでもできるんだ。それなのに、お前はすぐに諦めやがって。だからこれからは、俺が翔にわからせてやる。何年かかっても、絶対にな」

約束だ。そう念を押すように、心臓が大きく鼓動した。

心臓発作で昏睡状態に陥った後、奇跡的にドナーが現れ、僕は移植手術を受けることができた。経過は良好。三ヵ月のリハビリを終え、無事に退院することになった。

原則、患者はドナーの詳細を知ることができない。僕も例外ではなかったが、移植された心臓が誰のものかなんて明らかだった。

あの日、勇希は交通事故で亡くなった。

酒気帯び運転で信号無視をした車にはねられて、頭を強く打ちほぼ即死だったらしい。

さらに、彼は臓器提供意思表示カードを持っていた。その意思を尊重され、心臓が患者の元に送られたそうだ。

……なんて、根拠はいろいろあるけど。

「げ、お兄ちゃん。またその激甘カフェオレ飲んでるの？　甘いものは苦手じやなかったっけ？」

移植した心臓から、ドナーの記憶や趣味嗜好（しこう）が患者に受け継がれることがあるっていうのをオカルト番組で見たことがあるけど、まさか甘党になるとは思わなかった。

「けっこう美味しいよ。二本買ったから、未羽も飲む？」

「い、いらない。そのパッケージを見るだけで胸焼けしてくる」

うー、と胸元をさすりながら未羽が病室を見渡す。

「それで、荷物の整理は終わった？」

「うん、大体ね。そうだ未羽、プレゼントをあげるよ。入院の間、お世話してくれたお礼に」

「え、いいの!?」

プレゼントの箱を胸に抱いて、うれしそうに笑う未羽。ちゃんと自分で渡せた喜びをかみしめ、三年後はどんなお祝いにしようか考えながら、僕はカバンのチャックを閉めた。

「よし、これで終わり。長期入院だったからって、いろいろ持ち込み過ぎたなぁ」

「本当にね。あ、荷物は私が持つよ」

「大丈夫、これもリハビリだからね」

「そっか、そうだね。お父さんたち、先生に挨拶してくるって言ってたから、私たちも行こう！」

未羽がパタパタと部屋を出る。僕はもう一度忘れ物がないかを確かめつつ、最後に残ったエンディングノートを見下ろす。

これは、もういらない。ノートをゴミ箱に捨てて、手を胸に置く。

「諦めてばかりの日々は終わり。ここからが、始まり。そうだろ、勇希」

もう話はできないけれど、こうすればいつでも存在を感じられる。寂しくて泣きたくなる度に、僕を生かしてくれるこの心臓が、殴りつけるように力強く鼓動するのだ。

わかった、もう大丈夫。重たい荷物を担ぎ、自分の足で歩いて、僕は病室を後にした。

ぽうとれいと

作／高橋祐太

横からシャッター音が聞こえた。

寒風が肌を刺す屋上の柵越しに、アタシが世界を見下ろしていたときだ。

にらみつけるようにそちらへ視線を向けると、貧相なおっさんが高価そうなカメラをこっちに向けて構えていた。

「あまりにもかっこいい表情だったから、ついつい撮っちゃったよ」

はげ散らかした頭、乾き切ったカサカサの肌とは対照的な、満面のスケベそうな笑み。

「クールビューティーもいいけど、もっと違った顔……笑っているところも見てみたいな。もちろん被写体になってくれたお礼はするからさ」

お金でアタシを買う気か？　というより勝手に撮るな。

「いいねいいね！　目線を外して！　顔はもう少し上げて、口角も上げて！」

いちいち指示するな！　アタシはモデルじゃない！

……って言い返そうと思ったけれど、流されるままにアタシはポーズを取らされていた。

「今度はおじさんのことも撮ってよ。撮影してばっかりで自分の写真ないんだよね」

気づけばアタシはカメラを持たされていた。

どこまでずうずうしいおっさんだ。

けっこう重いカメラだ。こんなのを落としたら弁償できっこないぞ。

アタシはおっさんにカメラを向け、教わった通りにシャッターを押そうとした。

おっさんはダブルピースをして、嬉しそうにポーズを取る。

「いえ〜い！」

おっさんのかけ声と同時に、その頭頂部に鳥が止まった。スズメよりもひと回り大きい、白と黒のコントラストが際立つボディと羽根。たしかハクセキレイというやつだ。

アタシは思わず吹き出しながらもシャッターを押していた。ハクセキレイは勢いよく飛び立った。写真は完全にブレブレだろう。

「あっちに飛んでいったぞ。ほら、どんどん撮って！」

おっさんの呼びかけに応じて、アタシはハクセキレイのゆくえを追った。鉄柵の上に移動したかと思えば、また大きく羽ばたき、遠くへ飛んでいった。カメラのファインダー越しに見た冬の空は澄みわたっていた。アタシはずっと下ばかりを見ていたことに気づいた。

ハクセキレイが彼方に消え去ったのでカメラを返そうとしたら、おっさんは一ヵ月後でいいよと言ってきた。

「ホワイトデーのときに返してくれれば。それまでいろんなものをいっぱい撮っといてよ」

すっかり忘れていた。今日はバレンタインデーだったのか。

そのとき、アタシの名前を呼ぶ声がした。階段のほうで母親が不安そうにアタシとおっさんを見比べている。

「ちょっと写真、撮ってくる」

アタシはカメラをかかげて、何か言いたげな母親の横をすり抜けて階段を下りていった。

ヒマだったアタシは、借りたカメラで撮って撮って撮りまくった。自然や建物、そしてブツ撮り。

あえて人は写さなかった。人とかかわりたくなかった。

一ヵ月後の約束の日、おっさんは屋上に現れなかった。このカメラを返したくても、名前もコンタクトを取る方法も分からない。もちろんアタシの連絡先だって教えていない。

悩んだ末にアタシは、おっさんの顔写真をSNSに投稿し、情報提供を求めた。あのハクセキレイが頭に止まったブレブレの写真だ。

その写真は拡散され、運良くおっさんの奥さんという人から連絡が来た。おっさんは三月上旬に亡くなっていた。奥さんの話によると、昨年から重い病気で手のほどこしようがない状態だったらしい。そう、アタシたちが出会った病院にずっと通院していたのだ。

何やってんだよ、おっさん。せっかくいっぱい撮影してきたっていうのに。

あの日、アタシはあの病院の屋上から飛び降りようとしていた。

理由は……今となってはどうでもいい。あのときのアタシの思い詰めた表情を見て、おっさんはとっさに撮影してきたのだろうか。

自分は病気なんかで死にたくないのに、勝手に死のうとするやつを許せなかったのかもしれない。

そしてホワイトデーにカメラを返す約束をしてきたのは、おっさんはその日まで生きたいと願ったからなのか。

もはや聞くことさえできない。

あれからもアタシは、このカメラで撮り続けている。奥さんに返そうと思ったら、形見分けと言ってゆずってくれたのだ。

「あの写真をお葬式に飾れたらよかったなあ」

奥さんはそう言ってほほえんだ。おっさんが笑う姿を長いこと見ていなかったらしい。

遺影に使うための顔写真を探すのに苦労し、結局は車の免許証の写真を使った。生前、撮影しておこうと本人に言ったら、他の誰かに撮ってもらうから、とおっさんは返事をしていたそうだ。

おっさんはあの日、アタシにカメラを渡して、写真を撮ってくれと言った。そうか、そのためだったんだな。

捨て身のオヤジギャグかよ！

「いえ〜い！」

決勝戦の夜

作／加藤あき

甲子園に行くのが夢だった。

県大会決勝戦が終わったその日の夜、帰宅してからすぐに自室へ籠(こも)った俺は、ベッドに腰かけて座っていた。部屋は暗く、ため息とクーラーの稼働音が反響するばかりだ。

「はぁ……」

頭の中で繰り返される今日の試合内容に、またため息が漏れる。それがイラ立ちを生んで舌打ちをしてしまい、自己嫌悪から両手で顔を覆(おお)って沈んだ。

あと一歩だった。決勝まで進んだのに、最後の最後で二対三で敗れた。甲子園に行けるはずだった。けれども届かなかった。

九回裏、二アウト満塁。バッターは三番、キャプテンの俺。大チャンスだ。意気込んだ俺は気合を入れて打席に入り、しかし空振り三振に終わった。

何千、何万回、バットを振ってきた。雨の日も、風の日も。毎日、毎日振ってきた。当てることぐらいできたはずだ。けれどもできなかった。

野球を始めて一〇年。練習試合も含めれば何百と試合をしてきた。同じようなケースに出くわしたこともある。逆転打を放ったことだって何度もある。なのにどうして……肝心なときに限って。

バッターボックスから、ネクストバッターズサークルにいた四番バッターのアイツに向けて「任せとけ」と頷いた。アイツも小さく頷き返してくれた。その信頼を、俺は裏切ってしまった。

顔を上げて室内を見渡した。夜目が利いたためか、それともクーラーの電源ライトなどの小さな明かりのためか、棚に飾っている憧れの選手のサインボールがうっすらと目に入った。

下を向いて視線を逸らす。野球関連のモノを見たくなかった。

わかっている。相手投手が最後に投げた一四〇キロのストレートなんて、一朝一夕では投げられない。地道な毎日の努力があってこそ成し遂げられることだ。だから。

だから？

だからなんだ？

だから仕方がないとでも言うのか？

違う！　俺だって一〇年も泥だらけになって練習してきた！　早朝にランニングや素振りをしたり、夜も筋トレにスマホでの打撃フォームチェック！　食事にだって気をつかっている。強豪校の三番バッターでキャプテンだぞ！　俺が打たないでどうする⁉

いいや、俺が打たなくてもいい。フォアボールでもデッドボールでも、なんでもよかった。次に回せば、アイツだ！

「そうだ、アイツ」

思わず声が漏れる。

「アイツを見に、プロのスカウトも来ていたのに。俺のせいで……」

自分自身の夢を潰した。これだけならまだいい。自己責任だ。情けない俺自身がダメだったというだけのことだ。

でも俺がしたことはそうじゃない。アイツの夢も潰したのだ。そんな俺に野球をする資格はあるのだろうか。

リトルリーグの頃から一緒のチームだが、アイツは化け物だ。プロに行くヤツとは、ああいう飛び抜けた選手のことを言うのだと思う。

しかもアイツは常に全力で努力をしていた。才能があるくせにサボらず、プロを目指して必死だった。

そんなすごいアイツの夢を、俺は潰した。

もう野球をやめようか……。

甲子園に行くために、チームのみんながいろんなものを犠牲にしてきた。野球を考えない日はまったくなく、そうしてみんなで努力をした。野球漬けの毎日で、俺たちは野球に全てを捧げてきた。

そうして得た決勝戦の切符。みんな、準決勝に勝ったときには当たり前のような顔をしていたが、実際はどれだけ興奮していたことか。どんなにはしゃいでいたことか。

それに同じ野球部員といっても、ユニフォームをもらえない三年生だってたくさんいる。ベンチ組にすらなれなかった応援スタンド組。マネージャー、スコアラーなどの裏方になった元選手たち。彼らだってユニフォームを着て試合に出たかったはずだ。甲子園に行きたかったはずだ。

「それなのに俺は……、チャンスに打てず三振をして……」

準優勝だって立派じゃないか、と両親からはねぎらわれた。

でも違うんだ。準優勝じゃ意味がないんだ。優勝しなければ甲子園には行けない。準優勝と一回戦敗退は同じ意味だ。

だから、だからっ！

サヨナラ勝ちのチャンスをふいにしたような、そんな俺に野球をする資格は、ない。

やっぱり野球をやめよう。

そう思ったとき、突然、スマホが鳴った。

暗い部屋の中、不気味にスマホのディスプレイが光っている。

驚いた俺は、通知が終わって光が消えた後も、しばらく固まっていた。

音からしてチャットアプリだ。

なんだろう。どういう内容なのだろう。気になる。が、見たくない。俺の三振についてだろうか。俺のせいで負けたから、俺への罵倒(ばとう)なのだろうか。そう考えれば考えるほど、悪い知らせにしか思えない。

もう一度、スマホが鳴った。

怖い。

見たくない。

もしアイツからだったら、きっと恨み言だろう。プロになるチャンスを潰してしまった俺を憎むのは当たり前だ。どれだけの熱量で歯を食いしばって夢を追っていたのか、ずっと一緒にプレーしていた俺にはよくわかっている。

いや、アイツだけじゃない。他のチームメイトもそうだ。みんな、それぞれ甲子園を夢見てユニフォームを土で汚してきた。各々個人で練習をしていたことを知っている。みんな、目標に向けて真剣に努力していた。

俺は、みんなの夢を台無しにしたんだ。

何を言われても仕方のないことをした。でも。でも。怖い。

しかしながらスマホは鳴り続ける。一通、一通と、チャットアプリが俺に向けたメッセージを届けようとしてくる。鳴り止まないスマホに負けて、恐る恐る画面を確認した。

暗闇にディスプレイが光る。

《ありがとう。楽しかった》

簡潔な内容が、スマホのロック画面に表示されていた。書かれていたことが信じられなくて、部屋を明るくし、もう一度凝視した。見間違いではない。たしかに、チームメイトからの感謝の言葉が表示されていた。

慌ててロックを解除してアプリを開く。チームメイトから俺宛のメッセージがたくさん届いていた。

《悔しかったけど、俺たちはがんばったよな》

《ここまで連れてきてくれてありがとう》

《お疲れー。お前のファインプレー、最高だったぞー》

《三年間、俺たちがんばったよなぁ》

《感謝！　オレの応援、響いてただろ？》

《ナイス、ヘッドスライディング！　アウトだったけどな！》

《おーい、生きてるかー？》

みんなからのメッセージは、罵倒ではなかった。俺を気遣っていたり、ありがとうと伝えてくれていたりと、温かいものばかりだった。

　メッセージの中には野球部のグループチャットもあり、そこには《まさかキャプテン死んでねぇよな？》と表示されていた。チームのみんなは俺を心配してくれて、個別でメッセージを送ってくれたみたいだ。

　急いでグループチャットに《死んでねぇよ！》と最初に送り、それからメッセージを読み進めて、一つ一つに感謝しながら返信した。

　そしてアイツからの個人チャットのメッセージを発見したとき、俺は、ついに画面を見ていられなくなって天井を見上げた。

《次は大学でリベンジだな。また一緒に野球しようぜ》

　素早く返事を送る。けれども、返事は苦しいものになってしまった。

《俺、三振だった》

　すぐに消したい衝動にかられた。

　だが消そうとしたその瞬間、アイツからのメッセージが届いた。

《オレもチャンスで打てなかったしな。甲子園に行きたかったけど、切り替えていくしかねぇ。次だ》

《でもお前、ドラフトが》

そうしている間にも、次々とメッセージが届く。グループチャットへの俺の返答に安心した様子のものだったり、励ましてくれるものだったり。チームのみんなが温かい。

しかしそうしたメッセージに返信する余裕はなく、俺はアイツからの返事を待った。少ししてから、長文が届いた。

《今回はダメだった。厳しいと思う。だから大学だ。大学で活躍すれば嫌でもプロの目に入るだろ。社会人野球も独立リーグも考えてたけど、野球を続けるのなら大学でやれと父さんから言われていたからな。だから大学で一緒にリベンジしようぜ。そんで大卒でプロ入り。完璧な計画だ》

《完璧じゃねぇだろ》

《完璧だよ。オレたちはプロ注目の二遊間なんだから》

でも俺は……。

メッセージを返せないでいると、続けてアイツからメッセージが届いた。

《去年のお返しだ》

《去年？》

《ああ。お前、去年、エラーしたオレに言ってくれたろ？　気にすんな。次だ次！　ってさ》

《状況が違うだろ》

《一緒だよ。あれでオレはまた野球を続けようって思えたんだから》

あのとき野球をやめようと思っていたのか。アイツですら……。

《ありがとな》

《おう》

《悔しいな》

《三振で終わるのは悔しいだろ。行こうぜ、バッティングセンター。みんなも集めてさ！》

《今から⁉　もう夜だぞ⁉》

《おう！　だって悔しいじゃんよ。行かないのか？》

《行くに決まってんだろ！》

《よっしゃ！　みんなにも声をかけてくる！》

アイツは宣言通り、グループチャットに《今からいつものバッセン行くぞ！キャプテンのお許しが出たぞぉぉ！》と大げさにメッセージを投稿した。それに対して次々とみんなが快諾していく。

それを見た俺はグループチャットに《んじゃ、俺は現地で待ってるわ》と投稿。いてもたってもいられずにマイバットを持って部屋を飛び出した。何事かと驚く両親にみんなとバッティングセンターに行くことを告げると、笑顔で車を出してくれた。

バッティングセンターへ着いた。まだ誰も来ていない。俺は椅子に座ってバッターボックスを見つめていた。虚勢を張ったものの、どんな顔でみんなに会えばいいのかわからなかったのだ。

近くて遠いバッターボックスに視線を固定して待つこと数分。ぞろぞろと見慣れた顔が集まってきた。

みんな目が赤いように見えるのは、きっと気のせいだ。

「なんだ、打たないで待っててくれてたのか？」

アイツが頬を緩めた。

だから俺も表情を作れた。

「当たり前だろ？　お前がいなきゃ野球は始まらねぇよ」

「言ったな？　いいぜ、始めてやる」

それからアイツは打席に立ち、帽子を脱ぐ仕草をし、「お願いしまぁっっす！」とお辞儀をした。バットを構えたアイツはさらに叫ぶ。

「ちっくしょぉぉぉぉっ！」

アイツがバットを振り抜いた。快音。打球は遠く、遠く飛んでいく。アイツにならって、他のみんなも打席に立ち、思い思いのことを叫びながらバットを振る。

「甲子園に行きたかったぁぁぁっ！」

「あれはセーフだろうがぁぁぁっ！」

「ああああああっ！」

俺もアイツの隣の打席に立ち、帽子を脱ぐ仕草をしてお辞儀をした。

「よろしくお願いしまぁすっ！」

球速の設定は一四〇キロ。しかし人間が投げる生きた球とはまったく違う。ピッチングマシンが投げる球を、俺は吠えながらはじき返した。

「くっそぉぉぉぉっっっ！」

隣のアイツが、ピッチングマシンからこちらに目を移してニヤリとした。

「お？　泣いてんのか？」

ムカつく顔だ。

「泣いてねぇよ！」

振り抜くバット。乾いた音とともにボールが勢いよく飛んでいく。チラリとアイツを見てみると、アイツの目も真っ赤だった。だから俺も言ってやった。

「なんだ？　お前、泣いてんの？」

「オレが？　泣いてねぇよ、お前じゃねぇんだから！」

アイツもバットを強く振り抜いた。ボールに当てた音はしたが、どこに飛んだかはわからなかった。ボヤける視界を無視してピッチングマシンを睨みつけ、俺はアイツに向けて声を出した。

「俺だって泣いてねぇよ！」

アイツが上を向いた。

「大学でリベンジするぞ。また一緒に野球をしようぜ」

俺も上を向いて返事をした。

「もちろんだ」

描きかけの夢

作／高橋祐太

トンネルを抜けて、パッと車内が明るくなった。ローカルバスの低い音が響く中、窓の外に目を向けるときらめく海が広がっていた。

乗客は私ひとり。こんな寂れた田舎をわざわざ訪れる者はいない。私だって一五年ぶりのずっと避けてきた故郷だ。

父の死の知らせが来るまでは。

段々状のきつい坂道の一番上に、実家は当時の姿のまま建っていた。白黒の鯨幕が張られ葬儀の準備が整っているが、ひと気はなかった。玄関の前に立って振り返ると、照りつける日差しを浴びて死んだように静かなかつての港町が眼下に見えた。

実家の表札には父、そして姉の家族と並んで、いまだに私の名前があった。

父と私だけが同じ苗字だ。レイとひなたという名はまだ見ぬ姪っ子だろう。

大きくひと呼吸してから無言で引き戸に手をかけると、スーッと開いた。鍵がかかっていない。相変わらず田舎は不用心だ。

屋内は静まり返って物音もしない。「ごめんください」なのか「すみません」なのか、いや違うような気がする。

どうしても一歩が踏み出せなくて外で立ち尽くしていると、横からの気配を感じて視線を向けた。小学校低学年くらいの女の子が、おびえるように立っていた。

子供なんてどう接していいのか分からなかったが、私は無理に笑顔を作った。

「ひなた、何やってるの！　さっさと着替えなさい！　お母さんに怒られるよ！」

声が聞こえたかと思うと、庭のほうから年長の女の子の姿が見えた。目の前にいる年下の女の子は、逃げるように逆方向へ走り去ってしまった。

「あつこおばさんですよね？　姪のレイです」

年長の女の子は私と目が合うと、礼儀正しくおじぎをしてきた。ということは、逃げていった女の子と姉妹か。黒いワンピース姿がやけに大人びて見える。

「お母さん！　あつこおばさんが着いたよ！」

家の奥に向かって叫ぶと一礼して、駆け足で妹の後を追っていった。

レイと名乗る彼女の後ろ姿を眺めながら気づかされた。いくら独身とはいえ、三三歳にもなれば子供にとってはおばさんだ。実際に彼女たちの叔母なのだから間違いはないのだが、現実を突きつけられたようだった。

「おかえり」

家の奥から姉が現れた。人のことは言えないが、すっかりおばさんになっていた。

私はどういう顔を作っていいのか分からず、しばらくそこに突っ立っていた。

姪っ子で長女のレイちゃんに案内されながら、私は二階への階段を上っていた。下からは姉の旦那さんがキャリーバッグを運ぶのを手伝ってついてきてくれる。人の好さそうなおじさんで、村役場に勤めているらしい。

「わざわざすみません」

「いえいえ構いませんよ。それにしてもようやく亜津子さんとお会いすることができた」

私は姉の結婚式にさえ出席しなかった。招待状が届いても無視していた。

レイちゃんに案内された部屋を見て、私は目を見張った。

「おばさんが出ていったときのままでしょ？　いつ帰ってきてもいいように」

これは私が高校を卒業するまで使っていた部屋なのだ。机の上にはスケッチブックが置かれたままだ。

「妹がこの部屋をとてもほしがっていたけど、おじいちゃんは絶対に許してくれなくて。だから今でも、妹は私と一緒の部屋なんです」

説明していたレイちゃんが突然、アッと叫んだ。窓ガラスの向こうから、ひなたちゃんが私たちを盗み見していたのだ。

ここは二階、つまりひなたちゃんは一階の屋根の上にいる。

レイちゃんが窓際に駆け寄ると、ひなたちゃんは屋根伝いにどんどん逃げていき、角を曲がって姿が見えなくなってしまった。

「ちょっといい？」

私は窓から身を乗り出し、屋根の上に出た。

「亜津子さん、危ないですよ！」

「大丈夫、慣れてるから」

心配するレイちゃんと姉の旦那さんを置いて、私は危なげなく屋根の上を歩いていき、角を曲がった。ひなたちゃんは二階の壁に寄りかかりながら、ちょこんと体育座りをしていた。

「ひなたちゃんも、ここ、秘密の隠れ場所にしてるんだ？」

ひなたちゃんは気まずそうに下を向いたまま、無反応だった。私は勝手に隣に腰を下ろした。

「うわ〜、懐かしいなあ、ここからの眺め」

前方には海と空の境目が一望できた。向かい風が私とひなたちゃんの髪をなびかせていく。

「なんにも変わってないな。まるでずっと時間が止まっているみたい……」

父のお通夜と葬儀は滞り（とどこお）なく終わった。

その夜、黒いスーツを着た私は、台所の椅子に腰かけて、一人で瓶ビールを飲んでいた。

ふと、ガラスの食器棚に目がいった。茶碗や皿、コップなどが整然と並んでいる中に、どこか見覚えのある……。

立ち上がって確認しようとした瞬間、喪服姿の姉が空の寿司桶やビール瓶を持って現れた。

「ようやく、みんな帰ったわよ。二日間、お疲れ様」

姉はまた座敷へ戻り、今度は皿やグラスをおぼんに載せて運んでくる。

「手伝おっか」

「いいのよ。あんたはお客様なんだから」

私は強引に手伝い、皿を流しに置こうとしたものの、逆に床へ落として割ってしまった。

「ごめん……」

「どいて。私がやるから」

私は居場所がなくなり、仕方なく椅子に腰かけた。姉はてきぱきと要領よく破片を片付けていった。

「なんでみんな、私に話しかけてこないのかなあ」

私のつぶやきに姉の動きが止まった。

「お姉ちゃんだってなんにも聞いてこないし……」

「みんな、信頼してるのよ」

「遠慮しているのか、それとも興味ないんじゃない？」

「そんなことないって。いつも私は亜津子のことを……」

「ホントはいろいろ聞きたいくせに。仕事は何しているの？　健康には気を遣っているの？　年とったときのこと考えているの……でしょ？」

「当たり前じゃない。でも、あんた、私に干渉されるの嫌がると思って」

私たちが幼い頃に母親は亡くなった。だから、姉は母親の代わりに家のことを全部切り盛りしてきた。まじめな旦那さんと出会い、かわいい子供たちに恵まれ、そして最期まで良き娘としてお父さんの面倒を見た……。

私は皮肉を込めて言い返した。

「お姉ちゃんは昔からいつも優等生だったもんねえ。私みたいな落ちこぼれは邪魔だと思って、さっさと消えてあげたのよ」

「私はあんたがうらやましかった。絵描きだかイラストレーターだか知らないけど、そんな夢見て勝手に家を出て自由気ままに生きて……」

「じゃあ、すればよかったじゃない。お姉ちゃんならきれいだし、勉強もできたし、いくらでもチャンスがあったのに」

「私がいなくなったらお父さんの面倒、誰が見たの？　ただでさえあんたが出てって、お父さん、がっくりきてたのに」

「そんなの嘘に決まってる！　私はお父さんにずっと嫌われてたんだから！」

いきなり目の前に大きな火花が散った。姉に横っ面をはたかれたのだ。

「何するのよ！　やっぱり帰ってくるんじゃなかった！　お姉ちゃんともお父さんとも会いたくなかった！」

廊下に飛び出すと、突っ立っていた姉の旦那さんと鉢合わせた。今のやりとりを聞いていたのだろうか。そのまま無視してすり抜けることにした。

私は屋根の上で縮こまり、両膝の間に顔を埋めるようにしながら堪えていた。きっと頭上には、東京では見ることのできない星たちが輝いていることだろう。

ふっと人の気配を感じて隣を見ると、パジャマ姿のひなたちゃんが座っていた。私たちは並んで、風に乗って届くかすかな波の音に聴き入った。

「昔から嫌なこと、つらいことがあると、ここに来て泣いてたんだ。弱虫だったからね」

ひなたちゃんは黙ったままだ。

「ひなたちゃん、私の部屋あげようか？　ほしかったんでしょ？　お姉ちゃんとは別々の部屋」

「……なんで一度も帰ってこなかったの？」

私はひなたちゃんの横顔を見た。

「お母さんが結婚したときも、お姉ちゃんやアタシが生まれたときも、それにおじいちゃんが入院したときも……」

答えられない。いや、さっき姉にぶちまけたじゃないか。

「そんなにおじいちゃんやお母さんのこと嫌い？」

そうじゃない。全部、私がいけないのだ。こんな性格だから。

「アタシね、よくお母さんに言われるんだよ。おばちゃんにそっくりだって」

「本物を見て、どう思った？」

「もっとブサイクで、ムカつく人かと思ってた」

だけど、本物のおばちゃんは美人だし、東京でがんばっている、とひなたちゃんは気を遣ってくれた。そして、おばちゃんみたいになれたらいいなと。

「なんで私なのよ。ひなたちゃんなら、なんにでもなれるよ。あ〜あ、私もひなたちゃんの頃に戻れたらなあ」

「そしたら、また東京に行く？」

どうだろう？　別の道もあったかもしれない。

「おばちゃん、絵は？　イラストだっけ？」

「ぜ〜んぜん、やってないよ。とっくの昔に……」

ひなたちゃんはがっかりしているようだった。

「でも……今からでもやり直せるかな？」

「そうだよ！　おばちゃん、まだ若いんだし！」

「そのおばちゃんって言うの、やめなさい」

「おばちゃんは、おばちゃんだもん！」

部屋に戻りベッドに入ろうとしたところで、スマホを台所のテーブルに置き忘れたことに気づき、一階に下りた。しかし、台所のドアの前で足が止まった。姉と旦那さんの話し声が聞こえたからだ。

「俺なんかと結婚して、後悔してないか？」

「まさか。あなたには感謝してる」

「俺が田舎の狭い世界に君を閉じ込めたんじゃないかって……」

私はじっと聞き耳を立てた。ビールをグラスに注ぐ音が聞こえる。姉は酔っているのだろうか、愚痴をこぼし始めた。

「たしかに亜津子が出ていったときは悔しかった。貧乏くじを引いたみたいでね。これが私の運命だって自分に言い聞かせた」

だけど……と、姉は続けた。自分には妹のような夢も才能もなかった。いや、挑戦する勇気さえなかった。それがあなたと出会って救われた。この小さな世界でも幸せになれるのだと教わった。

「だから、亜津子にも幸せになってほしい。どういう道を選んだとしてもね。そして、レイやひなたにも……」

翌朝、私が大あくびをしながら台所に下りてくると、ひなたちゃんがテーブルで朝食を食べていた。流し台の前には、味噌汁をお椀によそっているエプロン姿のレイちゃん。この構図、昔の私たちみたいだ。

レイちゃんによると、姉は組合とか父がお世話になった方々への挨拶回りに出かけたそうだ。

私は昼前にはここを出なくてはいけない。レイちゃんは私の分まで朝食を用意してくれると、塾の夏期講習へ出かけていった。

マイペースに食べているひなたちゃんと向かい合って、私は席に着いた。朝から白いご飯に味噌汁なんて、いつ以来だろう。

茶碗を手にしようとした瞬間、動きが止まった。茶碗にはかわいいイラストがいっぱい描かれていた。

堤防沿いの幹線道路にあるバス停から、バスに乗り込んだ。一番後ろの席に着き、窓の外に視線を向けてハッとなった。

反対側の歩道に姉が立っていた。

バスが動き出し、外の光景が後ろへと流れていく。

私は立ち上がって振り返り、後部窓から眺めた。姉は手を振ることも表情を変えることもなく、ただこちらを見据えていた。

私だって手を振るもんか。お涙ちょうだいは柄に合わない。

姉の姿はどんどん小さくなっていき、ついに完全に見えなくなった。

私は力が抜け、席に腰を下ろした。そしてキャリーバッグを開けると、実家から持ってきたスケッチブックと茶碗を取りだし、イラストを描き始めた。

さっき、朝食で手にした茶碗だ。

ひなたちゃんは教えてくれた。このかわいいイラストが描かれた茶碗は、父が亡くなるまで毎日使っていたそうだ。

何よ、あんなに嫌がってたくせに。

これは私が小学校の図工の授業で絵付けをした茶碗だった。

父の誕生日にプレゼントしたら、こんな恥ずかしいものを使えるかと怒鳴られて、それっきり食器棚の奥にしまわれていたはずだ。

ちなみに姉が父の誕生日に贈ったのは、肩叩き券だった。

手の中にある茶碗の表面を撫でてみた。表面には亀裂が走り、接着剤で貼り合わせたような痕跡があった。

「それね、おじいちゃんが落として割っちゃったの。お母さんは新しいのに替えたらって言ったんだけど、おじいちゃんは死ぬまで使うって」

理由

作／エイト

負けるわけにはいかない。わたしには勝ちたい理由がある。

面の金具の隙間から、相手を見据えて理央は考えた。竹刀を一瞬下げる。踏み込んで面を打とうと前に出た。狙った相手の頭部が視界の横に動いた。ドオーー、の声とともに腹に衝撃を受けた。審判の旗が上がる。これで二本目。負けた。

剣道の市民大会中学生の部、個人戦の準々決勝。勝ったのは恭子。小学生の頃から同じ道場に通い、同じ中学に通う友人だ。剣道歴も同じく三年。

試合を見ていた道場の先生のところに戻った。

がんばったなとか、腕の振りがどうのと言われたが、理央は適当に返事をした。今は聞く気になれない。次の試合を見始めた先生を残し、二人はその場を離れた。

同時進行される試合と応援する人たち、市民体育館内に響く歓声と竹刀の音。その間を縫って、会場の端に置かれたウォーターサーバーに向かった。

「今回こそ優勝したいと思ってたのに……」

紙コップで水を二杯飲んだ後に理央は言った。恭子が正面で行われている試合から理央に目を移した。

「そんなにこだわるものでもなくない？」

「こだわるよ。勝敗や順位を気にしない恭子が変なんだよ。打ち込んだときの感触が気持ちいい、それだけで剣道をやってるなんて」

「それだけじゃないよ」

「他に何があるの？」

「惰性もある」

ダセエってなに？　理央は意味を考える。

「理央も十分強いと思うよ」

少し気に障ったが、指摘するのも面倒くさかった。

「優勝じゃなきゃ駄目」

「なんで？」

「親の仲が悪いから」

「それは知ってるけど、どう関係するの？」

「喧嘩してるときに、わたしがやめてって言ってもやめないの。だから、わたしが県大会で優勝すればなって」

「すればどうなるの？」

「わたしを怒らせたら怖いと思って、喧嘩がなくなるかなって」

「なくなる、のかな」

「わかんない」

お互い黙った。理央はうつむき、床を見ている。恭子が少し早口で言った。

「ほら、うちの親もたまに喧嘩してるしさ、そのうち仲良くなるんじゃない？　そうだよきっと」

「うちはもうずっと前からだよ」

理央は床を見つめたまま。

「わたしが優勝したらさ、竹刀持って理央の親の喧嘩、止めに行こうか」

「それは嫌。ややこしくなるから」

顔を上げて理央は恭子を見た。

「優勝、したくなった？」

「そうでもない」

恭子の答えを聞いて、理央はまた床に目を落とした。お互い黙った。

控え部屋に戻って弁当を食べた後、理央は壁際のパイプ椅子に座った。隣の恭子は、パイプ椅子の上で胡坐(あぐら)をかきながらぼーっとしている。弁当を食べているときも上の空だった。

「緊張してるの?」

「まったく」

「じゃあなんで元気ないの」

「元気だよ」

やはり様子が変だ。

少し間を置いて、ただね、と恭子が口を開いた。

「理央の話を聞いてからね、次の対戦相手にも何かしら勝ちたい理由があるのかなって気になった。わたしにはそういうのないのに……」

言葉が続かない。こんな状態で勝てるのだろうか。

恭子も大会での優勝経験はない。今回もしも優勝できたら、勝負の楽しみを見出せるかもしれない。

ここは一つ、わたしが友達として彼女の迷いを振り払うべきか。

「もう！　そんなんじゃ次負けるよ」

理央はなるべく明るく響くよう努めて声を出し、恭子の肩を両手で思い切り揺さぶった。恭子の体の傾きに合わせ、カタンカタンと音を鳴らすパイプ椅子。

「わ、ちょっと、理央、やめてよ」

すると、パイプ椅子が傾きに耐え切れなくなった。あ、と思って恭子の腕を掴もうとしたが届かない。ガチャンという音が部屋に響き、パイプ椅子が倒れた。

「恭子？　大丈夫？」

恭子は倒れたまま起き上がらない。目をつぶって横を向いたまま何度も頷いてはいるが、返事はない。右手首を反対の手で覆うようにしている。

もしかして、怪我させた？

「どうしよう、ごめん！　そんなつもりじゃなくって」

「大丈夫、わかってるよ。そんな、慌てないで」

怪我なんて……、まだ試合があるのに。

「待ってて、先生呼んでくる」

「理央！」

恭子に強く呼び止められた。

「大丈夫だから。呼ばなくていいから」

手首に怪我……。優勝どころか、試合すら出られないのでは。わたしのせいで……。

「呼んでくる！」

理央は走って部屋を出て行った。

先生が恭子の右手首をゆっくり触っている。

「どうだ、痛むか？」

「痛くないです」

「嘘つけ。捻挫まではいってないようだが、どうしてこうなった」

「先生、あの……」

理央が言い淀む。自分のせいだとうまく言い出せない。言葉を繋げられない。

「椅子の上で胡坐かいていたら横にすべって落ちました」

先生の目を見て恭子が説明した。横にはパイプ椅子が、そのまま転がっている。

理央が恭子の顔を見ると、恭子は理央に目を向けかけたが、すぐに先生のほうに戻した。

「アホ。痛むなら次の試合は棄権して、病院に行こう」

「出ます。出たいんです」

「出るって言ったってなぁ」

先生が言葉を切って考え込む。すると、恭子の手首を見ながら、理央に言った。

「どこまで試合が進んでいるか、ちょっと見てきてくれるか」

「わかりました」

理央は会場に向かう途中で考えた。

どうしよう、わたしのせいだ。それなのに恭子はわたしのことを言わなかった。かばってくれたんだ。

会場の様子を確認して控え部屋に戻ると、恭子の手首はテーピングでぐるぐる巻きにされていた。その様子を気にしながら、理央は試合の進捗を先生に伝えた。

「もう三〇分くらいってとこだな。痛くて無理そうだったら言うんだぞ」

先生が部屋から出て行き、理央と恭子の二人きりになった。

「わたしのせいで、ごめん。それに嘘もつかせた」

「嘘はついてないよ。椅子からすべって落ちたのは事実だし。先生が勝手にあれで納得しただけ」

恭子がテーピングの巻かれた手首に目を移して続ける。

「それに、さっきまでよりなんかやる気が出てきた。勝ちたいなって」

「どうして？」

痛みで気合が入ったのだろうか。恭子の表情を見るがいまいち読み取れない。顔を上げた恭子が弱々しく、それでも笑って言った。

「教えない」


試合前、恭子に頼まれて防具を着けるのを手伝い、そして準決勝が始まった。

相手は仕掛けてこない。読み合いから出す手を決めるタイプだろうか。

恭子が右に動く。相手もそれに合わせて動いた。さらに恭子が右に動く。相手も同様。やはりそうだ。

「ああいう相手のほうが、手首への負担が軽くてやりやすいかもな」

隣で一緒に観ている先生がつぶやいた。同時に理央の気持ちが沈む。手首の負担。わたしが負わせたものだ。

メーーン、と声を出して恭子が先に動いた。審判の旗が上がる。

あれ？　恭子が一本取った。

「恭子のやつ、今の動き良かったな」

「痛みは大したことないんでしょうか」

理央が願望を混ぜて言った。

「痛みはあると思うぞ。怪我をしたのが握り込む左手だったら、竹刀を振れないんじゃないかな。……右手が痛むことで、無駄な力が抜けているのかも」

竹刀は利き腕に限らず、基本は左手で握り込む。先生がしょっちゅう口にする言葉を理央は思い出す。

添えた右手が力んでいると、体全体の動きが重くなる。

右手はひよこを握るイメージらしいが、理央はまだうまくできない。

相手が声を上げて打ちかかった。恭子は受けずに足を使って位置をずらす。

そして掛け声とともに面を決めた。

「あいつ、怪我した今のほうが強いんじゃないか」

先生の冗談に理央は笑えなかった。


恭子が理央たちのところに戻ってきた。手で面を指すので理央は外すのを手伝った。

面の下から恭子の顔が現れた。汗がすごい。息も荒い。試合時間は短いほうだった。そんなに激しく動き回ってもいない。

「痛むんだろ」

「痛くないです」

「体ごとぶつかってくる相手だったらどうするつもりだったんだ」

「避けます。今の相手にも二本目はそれで取りました」

ふーと軽く息を吐いて、先生が恭子を上から下に眺める。恭子は強い視線で先生を見ながら、息を整えている。

「次、厳しそうなら試合中でも止めるからな。理央、小手外してやれ」

理央が小手に手を伸ばす。

「このままでいいです」

恭子が止めた。

「決勝までたいして時間があかないと思うので、このままでいいです」

小手の着け外しがつらいんだ。やっぱり痛むんだ。

理央の気持ちは、再び沈んでいった。


決勝戦が始まった。

結局恭子は小手を外さず、言葉数も少なかった。理央はなんと話しかけていいかわからなかった。がんばってとも言いづらい。

礼をして恭子と対戦相手が竹刀を構えた。すぐにキエーー！　と相手が恭子に打ちかかっていく。

気迫と勢いのせいか恭子の足が遅れてしまい、避けきれず恭子は腕を伸ばして受けた。

周りから見たらなんでもない動作だが、理央は気づいた。恭子が相手の竹刀を受けた後に、膝を一瞬曲げたのだ。相手の体格は特別大きいわけじゃない。

竹刀を重ねるつばぜり合いの後に二人が離れた。

「あれが続くときついな」

「止めますか？」

「どうしたもんか。なるべくあいつの意思を尊重したいとは思っている。さっきテーピングしているときにな、怪我したから出ないんじゃなくて、怪我したから出るんだ、負けられないって言ってたんだよな。お前、意味わかるか？」

理央は恭子が椅子から落ちたときのことを思い出した。慌てる自分に心配かけまいとしていた姿。そんなつもりじゃなかったと言うと、わかってると返事をした姿。

「……わかりません」

「俺にもわからん。にしてもあいつが勝負にこだわるのは珍しい。椅子から落ちたときに頭も打ったのかもな」

先生が苦笑した。

お互いに気を吐いた後に、今度は恭子が仕掛けた。面を狙った打ち込みだったが相手も前に出た。速い。ドーーウ、の声とともに、相手が恭子の脇をすり抜けた。

審判の旗が上がった。一本取られた。速いな、と先生も言った。

開始線に二人が戻り、構える。直後に相手が打ちかかっていった。技は決まらずまたつばぜり合いになった。

受けた恭子を相手が押している。恭子が少し腕を引き、相手の力を利用して反対側から腕を返した。

体勢を崩した相手に対し、後ろへ跳びながら引き面を当てた。恭子の一本。

再び開始線に戻る。構えている恭子の姿を見て理央は胸が詰まる。あんな返し、とても手首が痛むはずなのに。

一方で考えてしまう。恭子が痛みに耐えて今のを繰り返せば、試合に勝てるかも。そうなれば、怪我をさせたことは帳消しになるかも、と。

……本当にそうなのかな。良かったねって、勝って戻ってきた恭子に笑いながら言える？

それとも恭子に負けてほしいのか。痛い思いをこれ以上しないよう、早く試合を降りてほしいのか。

どちらもわたしの勝手な都合。恭子はわたしに負い目を感じさせぬよう、痛みを我慢しながら勝とうとしてるのに。

構えてお互いに気を吐いたが、どちらも仕掛けない。あと一本で勝負が決まる。

相手が飛び出した。正面から竹刀の先を恭子に向けてきている。恭子の手元が反応して上がった。

その瞬間、コテーイ！　という掛け声。恭子の小手を打ち据えて、相手は体ごと通り過ぎた。

理央は自分の顔の下半分の血が一気になくなった気がした。竹刀を小手にもらうときの痛みが蘇る。

審判の旗は上がっていない。だから決まってはいないが、今のは……。

再び二人は向き合って構えている。恭子は動かない。相手が気を吐いた。恭子も遅れて声を出した。しかし相手の突進には反応すらできず、恭子は棒立ちで面打ちをもらった。

理央は、戻ってきて座った恭子の面を急いで外した。やはり汗がすごい。なんだか顔色も悪い気がする。一気に心配が増す。

車を回して病院へ連れて行く、準備させて玄関まで連れてこい、と先生は言い、運営本部と何か話した後に会場を出て行った。

恭子は座ったまま、前方のどこかを見ている。大丈夫？　と理央は聞きたかったが声に出せなかった。大丈夫なわけがない。

「理央のせいで優勝できなかった」

この数十分、ずっと頭に浮かんでいた言葉が耳に届いた。恭子が口にして当然の言葉だ。

「うん……、ごめん」

怪我がなければ勝てたかもしれない。その怪我はわたしが負わせたのだ。

「だからこれで、おあいこにしてね」

……おあいこ？　思いがけない言葉。

どういう意味だろう。

わたしは恭子に怪我を負わされたことなどない。

「どういうこと？」

理央は恭子の横顔を見る。

わたしを責めていないの？

こっちを見て、答えて欲しい。

「教えない」

救いを求めるわたしには目を向けず、恭子は前方を見たまま笑って言った。

ごめんなさい

作／桃源いちか

「ばあちゃん。今日は博もいないし私も出かけるから、何かあったらこの番号に電話かけてね」

香苗さんはそう言いながら、壁に掛けられた小さなホワイトボードを指差した。

時間がないのか、すぐさま慌ただしく動き始める香苗さんは、本当によくできた人だ。父親に似て無口で頑固な息子のお嫁に来てくれたのがこの人で、本当に良かったと、何度感謝をしたかわからないくらい。

とはいえ私にできることなんて、毎日笑顔で過ごして口うるさくない姑でいることくらいしかないけれど。

「分かったよ。気を付けてね」

「ありがとう。じゃあ、行ってきます」

「行ってらっしゃい」

ほら、笑顔で見送れば笑顔が返ってくるでしょう？　私は、こういう瞬間が好きなのよ。人の笑顔が好きだから、毎日笑顔でいることを心掛けているの。夫はぶっきらぼうで滅多に笑わない人だからつまらないけれど、香苗さんや孫たちは、こちらが笑えば笑い返してくれるから、楽しいし、うれしいの。もちろん、私が笑顔にしてもらってることも多いんだけれども。

そういう、笑顔の連鎖が好き。そのたんびに、私はつくづく幸せ者だなと心底思う。

孫たちはもう大きくなって家を出て行ってしまって寂しいけれど、優しく育った彼らを私は誇らしく思ってる。

そうだ、大変。今日は天気が良いから山に行こうと思ってたのに、香苗さんに伝えるのをすっかり忘れていた。

「早速電話をかけるのも迷惑だろうし……」

ひとりごちると、意外な人から言葉が返ってきた。

「何が迷惑なんだ？」

咄嗟に声の主のほうへ振り向くと、そこには夫の姿が。

「今日は一日天気が良いから、山に山菜採りに行こうと思ってたの。それを香苗さんに言うのをすっかり忘れてて……」

聞かれたから説明したのに、夫は返事もせずにそのまま玄関から外へ出て行ってしまった。


長年の生活で培われた勘が働き、少し経ってから外に出てみると、やっぱり。夫は軽トラックの荷台に必要な荷物を載せて、私を待っていた。

「あら、あんた。一緒に行ってくれるの？」

「早くしないと置いてくぞ。香苗さんには置手紙でもしとけばいい」

「うれしい。最近足腰も弱ってきたから、一人じゃ不安だったの。一緒に来てくれるなら心強い。ありがとう。ちょっと待っててね」

返事はどうせ返ってこないと分かっていたから、私はそのまま準備のために一旦家に戻った。

実はそんな気がしていたし、そうなるだろうと見越してわざわざ誘ったりしなかったんだけれど、ここで大げさに喜んで感謝の気持ちを伝えておくのも、夫と長く生活をする上での秘訣。もちろん、うれしいと思う根本の気持ちが必要だけれどね。

早々に着替えて車に乗り込み、目的の山までは約一〇分。その間の会話はすべて私の独り言。

「田中さんち、もうハウスかけ終わったんだねぇ」

「なんだか雲も出始めたみたい」

「冬もあっという間に終わったし、夏ももうすぐかね」

「今年は気温が高いらしいから、育ち過ぎてないといいけれど」

運転する夫の表情を見ると、機嫌は良いみたい。私のことをラジオか何かだと思ってるのかしら。

目的の山に着くと、夫はさっさと車を降りて、無言で私に杖と籠を渡して林へと入っていく。

私が慌てることなく自分のペースで歩き出したのは、先に行ってしまった夫が必ず立ち止まり、待っていてくれると分かっているから。

案の定、少し歩いた先で待っていた夫に話しかける。

「日暮れまで時間があるから、ゆっくり行こう」

「ぬかるんどるな」

「たくさん採れるかな。今日の夜ご飯が楽しみ」

「気を付けんきゃならん」

「きれいね。ほら見て、露がキラキラ光ってる」

「早めに帰るぞ」

え？　会話になっていなくて変な感じがする？

これが、私たちの普段の会話。会話になっていない、普通の会話。

最初はね、もちろん苦労した。お見合いで結婚してもうすぐ六〇年になるけれど、もう慣れっこなの。むしろ、噛み合ったほうが逆に気持ち悪いくらい。

今では多分お互いに、これが一番しっくりくる形なの。周りの人には変わってるって言われるけれどね。

この会話は、私たちの歴史。夫婦だって人生だって、パズルのようにいろんな形があったほうが、楽しいでしょう？

それから数分歩いて一旦立ち止まり、下ばかり見て曲がってしまった腰と背中をぐぐと伸ばした。視界が変われば世界も変わる。しばらく土を見ていた私の視界に、艶々（つやつや）とした新緑が映り込んでとても清々しい気持ちになった。

「おい、気を付けんと足滑らすぞ」

そう言われて上方に向けていた視線を前方に移し、枯れた落ち葉を踏んで前へ進もうとした、その瞬間だった。

世界が、まるでスローモーションのように流れていった。

何が起こったのかを理解できないままに、視界だけが残像を残して移り変わってゆく。

どすんと鈍い音が聞こえたけれど、その衝撃は私には僅かしか伝わってこない。

視界が、木々の隙間から見える空の青を映したときには、スローモーションだったその世界が停止していた。

思考と身体を動かすことができずに何分経っただろうか。いや、数秒しか経っていなかったかもしれない。

混乱する頭をどうにか奮い立たせて、ほぼ仰向け状態だった自分の身体を反転させ、地面に手をつき上半身を起こしてみる。

際立った痛みはない。身体に問題はなさそうだ。けれど、おかしなことがある。

一番、おかしなことがあるのだ。

「ねえ、ちょっとあんた。どこ行ったの!?」

そう。どこにも、夫の姿が見当たらないのだ。

すぐそばにいたはずなのに。

立ち上がろうとするが、足腰に力が入らない。どこも痛いところなんてないのに、立ち上がることができない自分の足を、拳で叩く。

反応してくれた足に力を込め、ゆっくりと立ち上がった私は夫を見つけた。

だからといって、安心できたわけではない。なぜなら、夫は少し下ったところで身動きもせずに、仰向けで倒れていたのだ。

「ねえ……。嘘でしょう?」

ゆっくり、ゆっくりと、夫に近づいてゆく。

「どうしよう」

思わず、そんな声が漏れる。

夫の顔面から、大量の血が流れ出ていた。

「嘘でしょう？　ね、あんた」

夫の肩のあたりに手を置き、軽くゆすってみるが、反応はない。額から頬にかけての裂傷もひどい。

手や足が自然と震えだす。声を出そうとした唇さえ、うまく動かせない。

そのとき、夫の口が、ゆっくりと動いた。

「慌てるな……。なんともない」

生きていた。良かった。でも……。

「なんともなくない！　血がたくさん出てる。助けを呼ばなくちゃ」

「なんともない。帰るぞ。山菜は、また今度だ」

「帰るって……どうやって」

「うるさい。少し黙れ。大丈夫だ。頭も打ってない、動ける。運転して帰る」

「でも動かないほうが。それにあんた目が……」

「目は血のせいで少し見えづらいが……」

言いながら、夫はゆっくりと起き上がった。

「近くに家もない。電話もかけれんし、車はすぐそこだ。こんくらい家で休んどけばすぐ治る」

ふらふらと立ち上がり歩き出す夫を見て、私も夫の腕を支えて歩き出す。ここからは斜面もなく、車までそう遠くないことだけは幸いだった。

ようやく、車までたどり着いた。私は、運転席に行こうとする夫をむりやり助手席に乗せ、運転席に乗り込んだ。

「私が運転する。あんたは休んでて」

運転は久しぶりだったが、田舎なので車通りも少ないしゆっくり走れば問題ない。

だが、膝から下もハンドルを握る手も震えている。

大丈夫。大丈夫と自分に言い聞かせながら、運転に集中する。

ばくばくと鼓動を打つ心臓の音が、体中に響いている。


家に着き玄関のドアを開けると、すでに戻っていた香苗さんが笑顔で出迎えに来てくれた。だが、夫を見るなりすぐにその表情を強張らせた。

「じいちゃん、どうしたの！　すぐ病院に行かなきゃ」

「病院なんて行かんでも大丈夫だ」

そう主張する夫に、香苗さんは珍しく声を張り上げた。

「じいちゃん！　どう見ても、大丈夫じゃない。座ってて！」

黙った夫を確認し病院に電話をかけた香苗さんは、すぐに車を用意してくれた。

「ちょうど大学病院の眼科の先生が出張医で来てるから、すぐに診てくれるって。じいちゃん行くよ。立てる？」

無言でゆっくりと立ち上がる夫。

私は、その光景をなんだか映画を観るみたいに傍観していたが、気力が続かず、へたり込んでしまった。

「ばあちゃん？　大丈夫？」

「香苗さん。お願い。私は気分が……任せてもいい？」

「もちろん。でも、ばあちゃんも一緒に行って診てもらわなくて大丈夫？」

「大丈夫、自分でわかる。私はどこも打ってないし。ただ、家に着いたら力が抜けてしまって。ごめんなさい。あの人を、よろしくお願いします」

そうして、夫と香苗さんは病院に向かった。

香苗さんと息子の博が一緒に帰ってきたのは、深夜のことだった。博とは途中で合流したらしい。

夫は病院に着いてすぐに、医師の判断でドクターヘリで大きな市にある大学病院に運ばれ、香苗さんと博はそれを車で追いかけた。

検査の結果、脳には損傷がなかったが、手術を経ても夫の左目は失明。右目は無事だったが、元々右目の視力が良くなかったのを、私は知っている。

夫の世界が暗くなってしまう。私のせいだ。

夫は、足を滑らせた私を支えようと手を伸ばして、一緒に斜面を滑り落ちたのだ。私の衝撃が少なかったのは、そのおかげ。夫のおかげで、私は怪我一つしていない。

その代わり、運悪く枝が刺さってしまった夫の目は……。

私はその日から、起き上がることができなくなってしまった。食事も喉を通らない。自分を助けてくれた夫の見舞いにも行けない。光を失ってしまった夫を想い、涙を流してやることすらもできない。合わせる顔がない。会うのが、怖いのだ。

私が山に行くだなんて言わなければ……。私が足を滑らせたりしていなければ……。

後悔ばかりが、頭を駆け巡る。

数日経ったある日、部屋に閉じこもっていると、香苗さんが入ってきた。

「ばあちゃん、そろそろじいちゃんに会いに行こう？」

「とても会いに行けないよ。全部、私のせいなの。あの人もきっと怒ってる。合わせる顔がない」

「私は、そうは思わないけどな」

「でも……」

「ねぇばあちゃん、これからは、私と一緒にじいちゃんをサポートしていこう。

私、ばあちゃんには感謝してるの。知ってる人のいない土地に来て心細かった私に、ばあちゃんはいつも笑いかけてくれた。居場所を作ってくれた。子供たちにも笑顔で接してくれて、あんなに良い子たちに育った。本当に感謝してる。もちろん、じいちゃんにも」

「……」

何も返せない私に、香苗さんは言葉を続けた。

「こんなことくらいじゃ恩返しにならないかもしれないけど、一人じゃない。私がいる。博だっている。じいちゃんはきっと、ばあちゃんに会いたがってるよ」

その温かい言葉を聞き、私の瞳から今までこぼせなかった涙が一粒、二粒と流れてゆく。

「会いに行って、いいのかな」

「もちろん」

香苗さんは、私に笑顔をくれた。こちらが笑っていなくとも。

そして、私たちは病院へと向かった。

病室の前まで来ると、香苗さんは飲み物を買ってくると言っていなくなってしまった。

あの日とは違う種類の緊張で、胸がどくどくと高鳴る。

病室へ入り、顔を俯けたまま、ベッドを遮っていたカーテンをゆっくりと開ける。勇気を出し恐る恐る視線だけを上げてみると、夫はこちらを見ていた。

「あんた……」

「お前か。ちょうど傷が隠れてないときに……」

夫の左目はうっすらとだが開いていて、その視界が私を映していないことは見るからに明らかだった。

「ごめんなさい。私……私のせいで」

だんだんと、自分の顔が強張っていくのがわかる。

「何を謝ってる」

「だって、あんた、目がっ。目が、見えなく……」

「俺の目なんか、どうでもいい。それに、目は見えてる」

「そんな」

「うるさい！」

静まり返った病室に、はあと息を吐いた夫の声が響く。

「俺の目が見えるか見えんかより、お前が笑ってるか笑ってないかのほうが重要だ」

「っ……」

「頼むから、泣くな」

その言葉を皮切りに、瞳から競うように涙がこぼれ始める。

「ほら。ちゃんと、見えとる。お前の、皺だらけの手も、その手でボロボロの顔を拭ってる姿も。だからもう、泣くな」

止まることを知らない涙と、溢れる様々な感情をそのままに、声を出して泣き続ける私に、夫が手を伸ばしてくる。

けれど、その手はまっすぐにこちらには伸びてこない。

「お前が無事でよかった」

そう言った夫に近づき、私はその手を両手で捕まえて、自分の胸元で握り締める。夫の手を握ったのはいつぶりだろうか。

ありがとう。これからは……。

「これからは、私があんたの手を引く。手を繋いで生きてく。あと何年あるかわからないけれど、今までよりもっと、ずっと一緒に」

「やっと笑ったか。世話の焼ける。こうじゃないと、しっくりこん」

夫には、本当に見えているのかもしれない。涙は止められなかったけれど、精いっぱいほほえんだ私の顔が。

本人は見えていると言い続けるので再度の検査もしたけれど、やはり夫の左目の視力は戻ることはなかった。右目もぼんやりとしか見えていない。お医者さんからは、光を感じたり見えていると勘違いすることは珍しくはないと説明された。けれど……。

「こんな土砂降りで、よく笑っていられるな」

退院の日、夫を迎えに来た私は、その手を握りゆっくりと寄り添い歩く。今日に限って空の機嫌は悪く、土砂降りだ。

「あら、どうして私が笑ってるってわかるの？」

「見えてるからだ」

夫の暗闇の中には、私の笑顔が焼き付いているらしい。

ただいま運行を見合わせております

作／加藤あき

観客の心を動かす演奏がしたかった。

「ただいま、大雪と強風のため、この電車は一時的に停止しております」

北国を走るたった二両編成の電車内に、運転手と車掌の両方の役割を担っている乗務員のアナウンスが響いた。北国の雪は厳しい。年末ともなればそれは当然で、亮の故郷である山形県小国町も例外ではない。

小国町駅まであと三駅という線路の上。数年ぶりの帰省は、すんなりといかなかった。

「吹雪で立ち往生、ね。まるでボクと同じだな」

電車の座席に座っている亮は小さくこぼし、膝の上に置いている、サックスの入ったケースを撫でた。何もない田舎の寒空の下、叩きつける猛吹雪。電車内だというのに遮れなかった風の音と雪が、窓をノックする音が耳を刺激してくる。

亮はスマホで時刻を確認した。

一九時三二分。

もう駅に着いているはずの時間だ。

暖房の効いた電車内は大晦日の前日というのにガラガラで、十人もいないほどである。ここまで電車を乗り継いできたが、電車の窓から見える景色は昔と変わらず何もない田舎だった。あるのは雪と、山だけ。

こんな田舎が嫌になり、大学進学をきっかけにサックス片手に飛び出してもう何年も経つ。ひと花咲かせるつもりでの上京であったが、花は、まだ咲く気配はない。

人の歩く気配がして亮は顔を上げた。

七十代くらいの男性が、乗務員へ質問をしようとしているのか、乗務員室のドアをノックし始めた。品のない、田舎特有の遠慮のなさに亮は顔をしかめる。

話が終わったようで、そのおじいさんが席に戻ろうとこちらに歩いてきた。

「こりゃあ大分時間かかりそうだ」

ひどく、大きな独り言だった。

マイナスな気持ちを切り替えようと視線を外へ向けるも、眺めた景色は雪ばかりで単調だ。

亮は先日の演奏を思い出してしまった。

何がいけなかったのだろうか。

場所はレストラン。冷たい雨の降る日で、あれはネットでの求人を見て応募した短期の仕事だった。耳の肥えている客が多いのか、演奏後に技術自体は褒められたが、ただそれだけだと言われたのだ。何も伝わってこないということらしい。たしかに演奏中にスマホを触り出す客もいたほどだった。

プロとはいえ、サックスだけで生活はできず、むしろ月の収入はバイトのほうが多い。そんな状況においての演奏の仕事は非常に気合の入るもので、当然、その日もサックスを一生懸命吹いた。それにもかかわらず評価は辛らつだった。

亮は、少し前から限界を感じ始めていた。

もういい歳だ。そんなタイミングでバイト先の上司から、その会社の正社員になることを勧められた。他の社員の人たちも太鼓判を押してくれ、いつでも推薦をしてくれるという。とてもありがたいことなのだが、亮はその答えをひとまず保留にし、なんとなく数年ぶりに地元に帰ってみることにしたのだった。

思い出したくないことまで思い出してしまい、憂鬱になってしまう。けれども窓の隙間から漏れる冷気が亮を少し落ち着かせてくれた。

どうせ時間は無駄にある。少しぐらいはいいだろう、と亮は楽器ケースを開けた。金色に輝くサックスが現れる。そっと、触れる。外の冷気がケースの中にこもっていたのか、サックスが冷たい。

いつだっただろうか。プロになろうと思ったのは。

記憶をたどろうとして、亮は、頬を緩めた。

あぁ、そうだ。たしか楽譜もきちんと読めない頃だったはずだ。情熱だけで毎日毎日、ろくに読めない楽譜とにらめっこしながらサックスを触っていた。かっこいいと、ただそれだけで。

「おー、お兄さん、音楽すんのがぃ？」

思いがけない言葉に顔を上げると、先ほど乗務員に質問していたおじいさんが近くに座っていた。東京ではあり得ない状況に戸惑ったが、ここは山形県であることを思い出す。

そうだった。このヒドイなまり。この距離感。あぁ、そっか。山形だなぁ。

苦笑しながら、暇潰しに会話をしたがっているおじいさんの話し相手をすることにした。

「はい。一応、プロでやってます」

「なに？　プロだってぇ⁉　こりゃすごい人に会ったもんだ」

「いやまぁ、一応、ですけどね」

「そうは言うげども、お金もらって音楽してんだべ？　充分立派だべした」

「あ、ありがとうございます」

おじいさんとの会話は、おじいさんの身の上話へと変化していった。家族の話、仕事の話。

相槌を打っていると、一人の少年が亮のいる車両へと入ってきた。

高校生？

見覚えのある学生服だ。

彼は亮たちの脇を通り過ぎ、乗務員室のほうへ向かう。そして乗務員と二、三、会話をした後、肩を落とした。

それから元々いた席に戻ろうとしたのか、こちらに歩いてきた。彼と目が合う。思わず声が出ていた。

「もしかして米沢西高？」

「えっ、はい。そうですけど……」

立ち止まった彼は、素直に返事をしてくれた。

「あっ、ごめん。ボクも米沢西高だったから、つい」

「ほぉ。お兄さんもお坊ちゃんも、一番の進学校なんが。頭えぇんだべしたぁ」

「いやいや、ボクは下のほうでしたから」

実際、勉強は苦手だ。あまり思い出したくない過去である。

「俺と同じ米沢西高なんですね！」

「小国町からの通学だったから、通学に二時間ぐらいかかったけどね」

「そうなんですか？　俺も小国町なんですよ！」

「二人とも、よくもまぁそんな時間かけで通学すっことなぁ」

「今はわからないですけど、何人かいましたよ」

「今も一緒ですよ。俺のクラスにもいますもん」

「はぁ。進学校ってのはすごいごで」

「えっ⁉　プロなんですか⁉」

「おぉ！　お兄さん、プロの音楽家なんだどぉ」

「いやいや、そんな大したものじゃないですよ」

バイトによる収入のほうが多い程度だ。

「音楽の仕事をしどるんなら、立派なプロだべ」

「プロの演奏、俺、聴いてみたいです！」

「えっ？　ここで？」

電車内だ。無理に決まっている。

「なぁ、えがんべ？」

おじいさんが座ったまま自身の首をひねり、乗務員まで聞こえるように大きな声を出した。

　ここから質問しても聞こえるわけがない、そう考えたが、乗務員はタイミングよく、乗客の様子を確認するためか電車内を歩いていたようだった。

　彼は突然の会話に目を丸くしたが、いったん窓の外へと目を向けた後、諦めたかのように笑い、幾度か頷いた。

「えぇ、大丈夫ですよ。この分だと、もう少し時間がかかりそうですし」

　嘘だろ。田舎にもほどがある。

「おぉ！　良がっだのぉ！」

「ですね！　優しい人で良かったです！」

「う、うん。そうだね」

　本当に⁉　ここでするの⁉

「ま、まぁ、少しぐらいなら……」

　戸惑いながら亮はサックスをケースから取り出した。そして数瞬、動きを止めた後、身体でサックスを支えつつ一〇本の指を滑らかに運動させ、口を開いた。

「曲は……」

期待に満ちた男子高校生の表情が目に入る。

「米沢西高の文化祭で吹奏楽部が毎年演奏している、あれにしよう」

「あぁ！　あれですね！」

「あれって？」

乗務員が男子高校生へ質問をした。

「青春ものですよ。有名な」

それからあーだこーだと観客たちが会話をしている間にサックスを軽くメンテナンスし、パーツを丁寧に組み立てていく。頭の中で曲を流し、指を軽く動かした。久しぶりのはずなのに、全て覚えている。

「懐かしい。練習、めちゃくちゃしたなぁ」

自然と口から漏れた。

よくある青春ソングだ。大人になり、汚れてしまったけれど、夢を追いかけていた青春時代のようにがむしゃらに走ろうぜ。そんな内容の歌だ。

吹奏楽部の顧問の教師が口にしていた、曲の意味を考えなさい、という言葉が思い出される。

果たしてボクはあのときのように今も全力で走っているだろうか。

最初は楽譜も読めなかった。音符の意味すらわからなかった。

それでも何も考えず、ただただ、真っ直ぐに夢を見て。

馬鹿にされても、苦しくても、走って夢を追いかけていたあの頃のように。

いや、たしかに走っているかもしれない。これでもプロだ。仕事だってしているんだ。

けれど、何も見えていなかったかもしれない。周りを見ているようで、いつの間にか目が濁ってしまっていたのかもしれない。本当に、いつの間にか。

動かしていた指を止め、電車内を見渡してみる。サックスを持って通学をしていた頃と変わらない電車内の風景がそこにあった。浮かんでくる青春。真新しいサックス、輝いた瞳の自分自身、勉強そっちのけで見ていた楽譜……。

あのころボクはサックスを純粋に楽しんでいた。音を奏でるだけで世界が彩ったものだった。

見えていなかったわけでも、忘れていたわけでもない。

ボクの中に常にあったのだ。ひたむきに、音楽を楽しむ心が。

亮は、大きく笑った。

「あはは！　うん、うん！　どうぞ、プロの演奏を楽しんでください」

椅子から立ち上がり、若干スペースのある場所へと移動した。ゾロゾロと後をついてくる観客たち。その絵面はまるでブレーメンの音楽隊だ。

「お客様にご案内申し上げます。運転再開までしばらくお待ちください。またこれより一両目でサックスのステージが開催されます。よろしければお集まりください」

気を利かせた乗務員のアナウンスが流れた。

なんだなんだ、と人が集まってくる気配がする。といっても、たった二両編成の、田舎を走る電車だ。観客数は両手の指で足りる程度だ。先日、仕事として演奏をしたときよりも少ない。

サックスが温かくなった。亮は音を調節していく。簡単なチューニングだ。けれどもその姿でさえ娯楽になるようで、観客たちのテンションが上がっていく。

亮は大きく息を吸った。

観客を見渡す。

期待。不満。興味。困惑。いろんな感情があった。

亮は顔をほころばせた。

これから楽しいことをするのだ。笑顔でみんなと向き合う。笑顔で音楽と向き合う。

笑顔で自分自身と向き合う。

苦しそうに演奏をするなんて論外だ。

「それでは聴いてください。曲名は――」

「いよっ！　待ってました！」

おじいさんの拍手を皮切りに、観客たちの拍手が亮を迎えてくれた。

吹く。

波打つ指。

明るく、前向きなメロディ。

自身の身体をリズムに乗らせて揺らした。

自分が一番楽しまなくてどうする？　まずは自分が楽しもう。ほら、誰もが知っている名曲に助けられて、自然とみんながリズムを取り出したじゃないか。

男子高校生の口が動いた。

「わあ。すごい……」

ビブラートを効かせる。

そうだ。華やかに、殻を破るように。

曲の主人公が、困難を突破できるように。

人生はとても色彩豊かなんだ。いろんな音色で溢れている。

あぁ、楽しい！

サックスが青春を奏でる。高校時代にはできなかった、今の年齢だからこそできる表現を加えて。

もちろん技術は昔とは雲泥の差だ。けれどももっと理解しているものがある。

あの時代の尊さや、勢い。青さに、切なさ。

観客の瞳が輝いていた。楽しそうに頬が緩んでいる。ボクの演奏で心を動かされたんだ。瞳が熱い。身体が、サックスが、音符を乗せた旋律が躍動する。

忘れていたものを取り戻す。

最高だ！

これがボクのサックスだ！

演奏が終わり、電車内に拍手が響く。観客の表情が、鳴り止まない拍手が、亮を包んでくれる。ありがたい。心からお辞儀をする。

しかしすぐに上を向いた。そうでないとこぼれそうだった。

編集者より

楽しんでいただけましたでしょうか？

本書に収録されている作品は、「小説予備校」メールマガジンの読者デビュープロジェクトで募集した「読後、温かい涙が流れるような五〇〇〇文字以内の小説」に投稿された作品から選んでいます。

そもそも「小説予備校」メールマガジンとは、まだ世の中から発見されていない才能を見つけ出して、一人ひとりの力を最大限に引き出し、そして世の中に広めるために始めたもの。

ですので、収録作はすべて、これまでみなさんが出会ったことのない才能達が紡ぎ出した物語です。

「小説予備校」メールマガジンでは、「これから小説を書きたい」という初心者から、「はやくプロ作家として活躍したい」というプロ志向の人まで、幅広い方々にご愛読いただいております。

もしもご興味があるようでしたら、一度ご覧ください。

これからも次々と本書のような作品を発表していく予定です。

それでは、本書をお読みいただき、ありがとうございました。

編集者　てて１６０

執筆者一覧

風嵐むげん

ツイッター　@kazarashi_mugen

桃源いちか

ツイッター　@ichika01mojiai

加藤あき

ツイッター　@akisansunflower

エイト

高橋祐太

ツイッター　@toiletman10

HP　https://toiletman.web.fc2.com/

おまん

ツイッター　@megitune1

note　https://note.com/megitune2/

編集者

てて160

小説編集者。「小説予備校」メールマガジン発行人

8分間ください。あなたの心を温めます。

2021年7月15日　初版第一刷発行

編　者　工パブリック編集部

発行者　工藤裕樹

発行所　株式会社工パブリック
〒174-0063　東京都板橋区前野町4丁目40番18号
TEL 03-5918-7940
FAX 03-5918-7941

印刷　株式会社光邦
製本　株式会社セイコーバインダリー

ISBN 978-4-9911581-2-4